中国古代寓言

—— 韩文智 / 主编 ——

扫我，可以听！

山东人民出版社·济南
国家一级出版社 全国百佳图书出版单位

图书在版编目（CIP）数据

中国古代寓言 / 韩文智主编. -- 济南 : 山东人民出版社, 2020.11（2022.9 重印）

ISBN 978-7-209-12995-4

Ⅰ. ①中… Ⅱ. ①韩… Ⅲ. ①寓言—作品集—中国—古代 Ⅳ. ①I276.4

中国版本图书馆CIP数据核字（2020）第 225699 号

中国古代寓言

ZHONGGUO GUDAI YUYAN

韩文智 主编

主管单位 山东出版传媒股份有限公司
出版发行 山东人民出版社
出 版 人 胡长青
社　　址 济南市市中区舜耕路517号
邮　　编 250003
电　　话 总编室（0531）82098914
　　　　 市场部（0531）82098965
网　　址 http://www.sd-book.com.cn
印　　装 唐山楠萍印务有限公司
经　　销 新华书店

规　　格 16开（170mm × 235mm）
印　　张 11
字　　数 120千字
版　　次 2020年11月第1版
印　　次 2022年9月第2次
ISBN 978-7-209-12995-4
定　　价 25.00元

前言

世间有千万种遇见：遇见花开、遇见缘分、遇见幸运、遇见朋友……在你翻开这本书的瞬间，正是我们的第一次遇见。

曾几何时，在茫茫书海中，我们彼此擦肩而过，有时候，你竟草草地把我丢在一旁。从此，我们之间仿佛隔着浩瀚的海洋，我再也无法与你相遇。为了给你打造一场关于经典名著阅读的视听盛宴，我又经历了一次重塑的过程，铸就了一个崭新的自己，为的就是再次与你相见。

让你爱不释手是我的责任，也是我存在的价值和意义。曾经有人说，阅读中外文学名著，就是在和一位位文学大师对话；阅读他们的每一本书，都是站在了巨人的肩膀上。难道你不想站在巨人的肩膀上欣赏一番别样的美景吗？对于成长中的你来说，选择阅读经典名著一定不会错。阅读经典名著，点亮人生，让你的视野越来越宽广，能够培养你的学习能力和思考能力，还能帮助你树立正确的人生观和价值观。

为了激发你阅读经典名著的兴趣，更好地感悟经典的魅力，专家们在保证呈现经典名著风貌的基础之上，对我进行了浓缩，意在为你提供一张步入文学经典殿堂的入场券。

总而言之，所有的编排都是从阅读的兴趣入手，就是为了让你在阅读中思想有所感悟，能力得到提升。

至此，我也要郑重地、完美地呈现属于我自己的谢幕台词：我满载着丰富的内涵和人文思想，传达着人类的憧憬和理想，凝聚着人类最美好的情感，满心期待与你的美丽邂逅！

番外：

都说“书中自有黄金屋，书中自有颜如玉”，我却认为，读书会让你遇见一个更好的自己，这绝对是一件非常值得的事情。不是吗？还等什么？抓紧去遇见那个更好的自己吧！

另外，本书为了适合学生阅读，在充分尊重原著的基础上做了必要的删减和修改。目的是让学生尝到名著的滋味，初步感受其中的艺术魅力。如果想进一步阅读，请阅读原著全本。

目录 | CONTENTS

第四章

第五章

第六章

寓言是用假托的故事或自然物的拟人手法来说明某个道理或教训，给人以启示的文学作品。故事的主人公可以是人，也可以是拟人化的动植物或其他事物。“寓言”二字最早见于《庄子》。

第一章

本章包含15篇寓言故事，每一篇都告诉我们不同的人生哲理。

《鲁侯养鸟》告诉我们，不要一味地把自己的想法强加于人，不要违背客观实际，否则美好的事情都会以惨淡收场。

《拔苗助长》告诉我们，不尊重自然规律，急于求成，结果只能是事与愿违。

《不皲手药》告诉我们，事物的用途，一方面取决于自身，另一方面取决于使用它的人。

《城狐社鼠》告诉我们，要透过现象看本质，全面了解事情的来龙去脉，才有可能做出正确的判断。

《杯弓蛇影》告诉我们，不要被假象迷惑，要善于发现真相。

《不自量力》告诉我们，考虑问题一定从实际出发，脱离实际最终会自讨苦吃。

《楚人学齐语》告诉我们，周围环境对于求学、品性的养成，甚至治国安邦的重要性。

《穿山甲和龙》告诉我们，无知不算愚蠢，无知加上固执那就愚蠢透顶了。

《唇亡齿寒》告诉我们，人无远虑必有近忧，更不能贪图小利，因小失大。

《此地无银》讽刺那些本想隐瞒真相，反而暴露得更加明显的言行。

《打草惊蛇》告诉我们，做事不周密，会因小失大。

《东施效颦》告诉我们，一个人一味模仿别人，结果会一无所获，甚至丢失原本属于自己的东西。

《楚王葬马》告诉我们，劝说别人要讲究方式方法。

《屠龙之技》告诉我们，做什么事情都要学有所用，否则徒劳无功。

《骂鸭》告诉我们，干坏事的人一定会遭到惩罚。

鲁侯养鸟

从前，有一只海鸟停歇于鲁国国都的郊外。它叫声高亢，有着一双矫健的翅膀。人们都惊奇于海鸟的来临，纷纷赞叹不已，以为这只来自大海的海鸟能给他们带来好运。鲁国国君听说了，亲自驾着马车来迎接它，并把它养在宗庙里。

为了让海鸟高兴，鲁国国君每天派人演奏《九韶》给它听；为了让它吃好，每天都会准备牛、羊、猪的肉，盛情款待。每天都会听到悦耳的乐曲，又有着丰富的美食，这可是世人梦寐以求的事情。

可是，被养在宗庙里的海鸟却双目昏花，无精打采，一副悲伤的样子。它既不敢吃一块肉，也不敢喝一杯酒，不出三日就死了。

鲁国国君用供养自己的方法来养鸟，而不是用养鸟的方法来养鸟，结果当然可悲。

拔苗助长

从前，宋国有一个急性子的农民。春天到了，大家都开始插种秧苗了。这位农民也和大家一样，很卖力气地将秧苗小心翼翼地插到田里，插得整整齐齐。待秧苗全部插好之后，他便每天都到田边去看自己的秧苗有没有长高一点儿。

就这样，一天过去了，两天过去了，三天过去了。农民心想：这都过去三天了，怎么始终没见秧苗长高呢？他急得茶不

思，饭不想，只寻思着有什么办法能让秧苗快点儿长高。

一天早上，他终于想到了一个好主意，连忙穿好衣服开心地跑到田里。他挽起裤腿下了田。原来，他想到的办法就是帮助秧苗长高。他弯下腰，把每棵秧苗都拔高一点儿。这么一大片稻田，成百上千棵秧苗，想要把它们都拔高也不是件容易的事情。不过农夫心里高兴，早就忘掉了腰酸背疼。等他把田里的秧苗挨个拔高了一遍，太阳已经落山了。

农民回到家里，得意扬扬地对家里人说：“我今天可做了一件大事。”

儿子问他：“什么大事？”

农民说：“我帮田里的秧苗都长高了一截，可把我累坏了。”

儿子在问明白了事情的经过后，气得赶紧往田里跑。可是他还是去晚了。当他到了田边，那些被拔过的秧苗已经七扭八歪地倒在水田里，死掉了。

不皴（cūn）手药

惠子对庄子说："魏王赐给我一些大葫芦的种子，我把它种下，后来结出了一个大葫芦，能装下许多斤粮食。我想用它装水，可是它的壳质地太脆，不堪提举。把它剖开做瓢吧，又觉得大而平浅，没有哪只水缸能够容得下它。因为它实在没有什么用处，所以我干脆把它敲碎了。"

庄子听了，说："看来你是不善于利用大的东西啊。宋国有一家人，世世代代以替人漂洗棉絮为生。他家有一个制作不

皴手药的祖传秘方。正因为有了这种药，冬天时，他们整天把手泡在冰冷的水里洗棉絮，手也不皴不裂。有人听说后，想用高价买他家的药方。全家族的人在一起商议说：‘我们祖祖辈辈漂洗棉絮，也赚不了几个钱。现在卖了这个药方，一下子就能得到一大笔钱，不如卖给他吧。’那人买到药方，就去求见吴王，自荐为官。正好碰上越国来侵犯吴国，吴王就任命他为将领，随军出征，抵御来犯越军。当时正值冬季，两国在水上交战，吴国的士兵因为涂了这种药，手没有冻伤冻裂，大败越军。吴王便将一块土地封赏给他。同样是这种不皴手药，有的人靠它得到封赏，而有的人却只靠它漂洗棉絮，差别就在于用法不同。你有这么大的葫芦，为什么不考虑把它当成腰舟系在腰上，在江湖上自在漂游，却因为它大得没什么东西可装而烦恼呢？可见你的心思还是不够灵活啊！”

城狐社鼠

晋朝时候，朝廷上有个左将军叫王敦，他的长史官是谢鲲，他俩志同道合，经常在一起闲聊，也会在私下议论议论朝廷上的事情。

有一天，王敦对谢鲲说：“刘隗这个人，奸邪作恶，危害国家，我想把这个十足的小人从君王身边除掉，以此来报效朝廷的知遇之恩。你觉得怎么样？”

谢鲲闭目想了一想，摇着头说：“这恐怕还不太行啊，你想想，刘隗的确是个坏人，但也算是城狐社鼠啊！

“要把那城墙上打洞的狐狸毁掉，恐怕会连带把城墙弄坏；要用火熏死那神社打洞的老鼠，又怕一起毁坏了神社庙宇的根基。如今的这个刘隗就好比那城上的狐狸、社庙里的老鼠。朝廷里关系错综复杂。刘隗是君王面前得宠的近臣，势力很大，除掉他恐怕要惊动他所依附的势力，不太容易啊。”

王敦听了谢鲲的话，虽然心里不高兴，但是也只好作罢。

（社：古代指土地神和祭祀土地神的地方、日子以及祭礼。本文中指“土地庙”。）

杯弓蛇影

东汉时，有个县令叫应郴。一天，他邀请自己的主簿杜宣到家中喝酒。应郴将酒席摆在大厅中间。宾客正要开怀畅饮，杜宣却只喝了一杯酒就告辞了。回到家的杜宣和妻子说道："今天大人叫我去喝酒，却没想到酒杯里混入了一条小蛇。大人的酒我哪里敢推辞，只好闭着眼睛喝了下去。如今那条蛇在我肚子里各种作祟，你快去请个大夫来给我看看。我现在头晕目眩，腹痛如绞，实在是受煎熬啊。"

大夫走后，杜宣喝了不少草药，却始终不见好转。一天，应郴恰好有事来找杜宣，听他说了缘由，也有些疑惑。安慰了杜宣几句后，应郴回到家中。他左思右想，为什么酒杯中会有一条小蛇。他来到杜宣喝酒的位置坐了下来，倒了一杯酒，仔细打量着酒杯，再转身看向后面的墙，笑出声来。

第二天，杜宣又被应郴邀请去喝酒。杜宣再次在酒杯中看到蛇，脸一下子变得像个苦瓜了。应郴拍着他的肩膀哈哈大笑，用眼睛示意杜宣看身后的墙。杜宣不解其意，转过身来，只见墙上挂着一张牛角弓。应郴随手将弓取下，问杜宣："你看看，你杯子里的蛇可还在呀？"杜宣转头再看酒杯，果真没有了蛇的踪影。这下他全明白了。原来那酒杯中的蛇只不过是墙上弓的影子，顿时杜宣心里的大石头落了地，身体也变得舒服了起来。

不自量力

春秋时期，在如今河南省境内有两个诸侯国，一个是郑国，一个是息国。两国虽然都不是大国，但是就国力这方面来说，郑国略胜息国一筹。就在公元前712年那一年，郑息两国产生了一些矛盾。郑国首先想到用和平的办法来解决，可息国的国君却坚决不采取谈判协商的做法，只想用战争解决争端。于是，固执的息国国君下令开战，向郑国发动了战争。交涉无果的郑国只能被迫应战，两国实力的差距终究还是让郑国取得了胜利。而对自己实力认识不清的息国也只能以失败告终。

事后，一些有见识的人分析息国怕是要被灭国了。他们分析的根据是，息国一不考虑自己的德行是否服人，二不估量自己的力量是否能取胜，三不与自己的邻国搞好关系，四不调查验证争议的言辞中是否存有误会，五不追究失败的罪过和责任。犯了这五条错误，还要出师征伐别国，结果遭到失败，这不是非常自然的吗？果然，不久后息国被楚国攻灭。

楚人学齐语

春秋时期，在现在河南省境内有一个小国叫“宋”。宋国大夫戴不胜比较开明，很关心国事，很想让宋国国君多理朝政，就是不知道该怎样劝说宋王才好。戴不胜知道孟子很有见识，很佩服孟子，也很想向孟子请教。

有一次孟子到宋国旅行，戴不胜大夫很恭敬地接待了孟子，并向孟子请教说：“听说您是一位很有学问的人。请您告诉我，怎样才能劝说一个国家的国君把自己的全部精力用来管理自己的国家，多为国家办些好事呢？”

孟子想了一会儿，微笑着，不紧不慢地说道：“我想先问问您，如果有位楚国大夫很想让自己的儿子学说齐国话，您看是请齐国人教他好呢，还是请楚国人教他好呢？”

戴不胜也笑着回答说：“那当然是请齐国人教他好啊！”

孟子笑了一下，接着说：“请来一个齐国人教他说齐国话，然而他周围的楚国人觉得很稀奇，整天来干扰他，吵吵闹闹难得安静。在这种情形之下，哪怕你用鞭子来抽打他，逼迫他学齐国话，他仍然是学不会的。如果把他带到齐国去，在齐国都城的繁华街巷里住上几年，学说齐国话，几年以后，他的齐国话就学会了，讲得很好了。到那时再要他说楚国话，即便用鞭子天天抽打他，那也很困难了。”

听了孟子的一席话，戴不胜终于明白过来：在宋国，国

王身边少有贤能的人。即使有一位两位的有德之士劝诫国王，但是在太多坏人谗言的欺骗下，国王也很难成为一位贤明的君主。

穿山甲和龙

有个人把穿山甲当作龙献给商陵君。商陵君非常高兴，问穿山甲吃什么为生，回答说是蚂蚁。商陵君派人把它养了起来。有人说：“这是穿山甲，不是龙。”商陵君听到后非常恼怒，把这个人痛打了一顿。从此别人就害怕了，没有人再敢说这不是龙，都奉承商陵君，夸他养的是神圣的龙。

商陵君欣赏着他的“龙”。只见它时而卷曲起来如同圆

球，时而伸展开来如同长虹。左右的人都假装很震惊，称赞“龙”很神奇。商陵君无比开心，并将它养到了宫中。一天夜晚，这只穿山甲打穿地砖挖洞走掉了。左右的下人跑来报告：“‘龙’施展它强大的本领，如今果然穿石离去了啊！”商陵君看着它留下的痕迹，痛心不已，命令多养蚂蚁等它归来，希望“龙”再次降临。

没过多久，天降大雨，电闪雷鸣，真龙现身天际。商陵君认为是养过的那条龙来了，摆上蚂蚁邀请龙赴宴。龙大怒，震击商陵君的王宫，把他劈死了。

君子说：“商陵君真是愚蠢啊！不是龙认为是龙，等到他见到真龙，却拿穿山甲的食物招待它，最后被劈死，是咎由自取啊。”

天下的事总是惊人的相似。还记得安徒生笔下那个喜欢天天穿新装，却连自己都不相信的皇帝吗？

唇亡齿寒

晋献公叫荀息把屈地产的良马和垂棘的美玉献给虞国，向虞公借路攻打虢（guó）国。虞公见了美玉、良马，十分喜欢，便想答应。他的臣子宫之奇劝阻他说：“千万答应不得。虞和虢的关系，就好像嘴唇和牙齿一样，嘴唇没有了，牙齿就要挨冻了。两国互相救助，并不是互施恩德，而是战略上的需要。古人有句话‘唇亡齿寒’，说的正是这个道理。虢国没有被灭掉，是靠了虞国；虞国没有被灭掉，也是靠了虢国。如果咱们借路给晋国去攻打虢国，那么虢国在这天的清早灭亡，接着虞国在当天的晚上就会亡了。您好好想一想，怎么能把路借给他们呢？”

虞公不听这番忠告，还是把路借给了晋国。荀息攻打虢国，很快把它灭掉。还兵之后，便兴兵攻打虞国，顺势也把虞国灭掉了。荀息捧着美玉，牵着良马，把这两件宝物还给献公。献公很得意地说：“美玉倒还是这一块，但马的年龄却老了些。”

此地无银

有两个愚蠢的人，一个叫张三，另一个叫王二。一天，张三得了三百两钱，不方便放在身上，于是就认真地想，怎样才能把钱藏好。放在家里害怕被偷，埋在地里也怕被偷。于是他想出了一个“好办法”，他将装着银子的匣子埋在后院角落，并在墙上写上“此地无银三百两”这么一张字条。他想，这样就不会有人认为这里有银子了。但是张三还是觉得不踏实，总是隔三岔五地去看那个角落。他的这一举动被隔壁的王二看到了。王二想去弄个究竟，于是晚上来到张三的后院。一看上面写着“此地无银三百两”，他一下全明白了，于是挖出匣子把银子拿走了。按说，王二悄悄溜走就行了，但是王二偏不，自以为聪明地在那块地上写上了“隔壁王二不曾偷”几个字。

第二天一大早起床，张三去后院看银子。万万没想到，藏银子的地方出现个大坑。他傻眼啦。这万无一失的妙计，怎么这么快就被人破解了呢？正在伤心欲绝的时候，他发现地上多了几个字。于是他恍然大悟，报官抓人。

不得不说这两个人也是奇人，蠢得可爱。

打草惊蛇

南唐时候，当涂县的县令叫王鲁。这个县令贪得无厌，财迷心窍，见钱眼开，只要有利可图，他就可以不顾是非曲直，颠倒黑白。在做当涂县令的任上，他干了许多贪赃枉法的坏事。常言说，上梁不正下梁歪。王鲁属下的那些大小官吏，见上司贪赃枉法，便也一个个明目张胆地干坏事。他们变着法子敲诈勒索，贪污受贿，巧立名目搜刮民财，这样的大小贪官竟占了当涂县官吏的十之八九。因此，当涂县的老百姓苦不堪言，一个个从心里恨透了这批狗官，总希望能有个机会好好惩治他们，出出心中怨气。

一次，朝廷派员巡察地方官员情况，当涂县老百姓觉得机会来了。大家联名写了状子，控告县衙里的主簿等人营私舞弊、贪污受贿的种种不法行为。状子首先递送到了县令王鲁手上。王鲁把状子从头到尾粗略看了一遍。这一看不打紧，却把这个县令吓得心惊肉跳，浑身上下直打哆嗦。原来，老百姓在状子中列举的种种犯罪事实，全都和王鲁自己曾经干过的坏事相类似，而且其中还有许多坏事都和自己有牵连。状子虽是告主簿几个人的，但王鲁觉得就跟告自己一样。他越想越感到事态严重，越想越觉得害怕。如果老百姓再继续控告下去，马上就会控告到自己头上了。这样一来，朝廷知道了实情，查清了自己在当涂县的胡作非为，自己岂不是要大祸临头！王鲁想着想着，惊恐的心怎么也安静不下来，不由自主地用颤抖的手执笔在案卷上写下了他此刻内心的真实感受："汝虽打草，吾已惊蛇。"写罢，他手一松，瘫坐在椅子上，笔也掉到地上去了。后来，状子虽然被王鲁压着没有呈上去，可他自己也日日胆战心惊，最后还是在恐惧中死去了。

东施效颦

春秋时期，越国有个美人叫西施。西施天姿秀出，明艳动人，只是时不时会犯心口痛，疼的时候就捂着胸口，皱起眉头，样子看上去却有种别样的美丽，着实惹人怜爱。

与西施同住一个村的东施，是个很丑的女人。她看见西施微皱眉头的样子很美，也学西施皱着眉头，捂着胸口，走几步，歇一歇，装作一副弱不禁风的样子，在

村里走来走去。

富人看到东施皱眉的样子，认为简直丑得让人受不了，赶紧把门关上。穷人看到东施皱眉的样子，赶紧拉着妻子孩子躲到一边。

东施只知道西施皱眉捧心的样子十分动人，却不知道这是因为西施本身貌美的缘故。她一味刻意去模仿，结果却沦为人们的笑柄。

西施，历史上确有其人。她出身贫寒，自幼随母浣纱江边，故又称“浣纱女”。她因天生丽质、秀媚出众，成为美的化身和代名词。素有中国古代四大美女之首的称号。关于西施的典故和诗词还有很多，如“沉鱼落雁”“欲把西湖比西子”等等。

楚王葬马

楚庄王酷爱养马，他给那些马披上华丽的绸缎，把它们养在金碧辉煌的大宫殿里，让它们睡凉席吃美味。就这样，有一只马因为长得太肥死了。楚王命令全体大臣致哀，准备用棺椁（guǒ）装殓（liàn），按大夫的规格安葬。左右大臣纷纷劝谏他不要这样搞。楚王非但不听，还下了一道通令："谁敢为葬马一事向我劝谏的，一律杀头。"

优孟听说这个消息，闯进王宫就开始号啕大哭。楚庄王吃惊地问他为什么哭，优孟回答："那匹死了的马，是大王最心爱的马啊。像楚国这样一个堂堂大国，却只用一个大夫的葬礼来办马的丧事，未免太不像话。应使用国王的葬礼才对啊！"楚王说："照你看来，应该怎样呢？"优孟回答："我看应该用白玉做棺材，用红木做棺椁，调遣大批士兵来挖个大坟坑，发动全城男女老幼来挑土。出丧那天，要齐国、赵国的使节在前面敲锣开道，让韩国、魏国的使节在后面摇幡招魂。再建造一座祠堂，长年供奉它的牌位，还要追封它一个万户侯的谥（shì）号。"

楚王这时终于恍然大悟，知道这是优孟在含蓄地批评他，便说："我的过错就这样大吗？好吧，那你说现在应该怎么办呢？"优孟回答："事情好办，依臣之见，用灶头为椁，铜锅为棺，放些花椒桂皮、生姜大蒜，把马肉炖得香喷喷的，让大家饱餐一顿，把它葬到人的肚子里。"

屠龙之技

从前有一个叫朱泙漫的人，生于富豪之家。他想学一门别人都不会的技艺，好炫耀自己拥有高超的本事。他听说有一个叫支离益的高人，隐居于深山老林里，有一身的屠龙绝技。蛟龙是什么呀？那可是凶猛的神兽，上天入海，无所不为。如果能够学会屠杀它们，那可真是太厉害了！

于是，朱泙漫收拾行囊，告别家人，来到了深山老林里，拜师学艺。他起早贪黑，在支离益的教授下，苦练屠龙剑术。他一学学了三年，把千金的家产都耗尽了，才学成归来。

他学了一门少有人掌握的技艺，引来众人的羡慕。孩子们都很想看看他的屠龙宝剑，更想看看他如何杀死蛟龙。

有个老头儿说："屠龙绝技虽好，可是现在哪有蛟龙？你学这门绝技又有什么用途？"大家面面相觑，一齐看着恍然大悟的朱泙漫。

骂 鸭

淄川县西白家庄有个人，看见邻居家的鸭子肥美，便偷来一只煮着吃了。到了晚上，他浑身痒得难受，一晚上都睡不踏实。等天亮的时候，他脱下衣服一看：浑身居然长满了鸭子的绒毛！绒毛层层叠叠，一摸还生疼。偷鸭人怕得很，又做贼心虚，不敢坦言，跑了不少地方寻求医治，都无药可治。

有天晚上，他梦见一个人告诉他说："你生了怪病，是因为你偷了人家一只鸭子，上天惩罚你呢。你把丢失鸭子的人家找来，让他痛骂你一顿，你身上的鸭毛就能脱落，病自然就好了。"可是，邻居家老头儿向来和气、大度，平生丢过不少大大小小的东西，他都不曾大声斥骂过，也不曾向其他人发过脾气。

于是，偷鸭人欺骗老头儿说："鸭子是某某偷的。他非常害怕别人骂他，如果你骂他，没准就能警告他，他以后也就不敢再做偷鸡摸狗的事情了。"

老头儿笑着说："谁有那个闲工夫去骂品行恶劣的人啊。"

老头儿不肯骂人，偷鸭人急得团团转。他只好尴尬地把实情跟老头儿说了。老头儿这才大声骂起来，偷鸭人的病果然好了。

写奇异故事的人说："这简直太厉害了！偷东西浑身会长鸭毛，被骂能减轻罪过。这让小偷不敢再偷东西，而被偷的人也可以省省骂人的力气了。不过，正直善良的人总是有办法的，故事里的老头儿就是通过骂人来做仁慈的事情。"

第二章

本章包含14篇寓言故事，虽然故事简短，每一篇都能引人深思，让我们受益匪浅。

《焚鼠毁庐》这个故事告诉我们，切不可因小失大。

《白雁落网》告诉我们，当面对众多的不同声音时，要勇于坚持己见。

《对牛弹琴》告诉我们，说话办事要看对象，如果对对象不了解，只从自己的角度出发，往往会大失所望。

《凤凰和鹞鹰》告诉我们，同一样东西，有人视为珍宝，有人觉得一文不值，不能以自己的标准来揣摩别人。

《割股藏珠》告诉我们，为宝珠丢掉性命，实在不值得。命都没了，要宝珠有啥用呢？

《工之侨献琴》告诫我们，切不可被表象所迷惑和蒙蔽，否则会贻笑大方，甚至造成不可弥补的后果。

《国氏善盗》告诉我们勤劳致富的道理，一旦误入歧途，不但不会给自己带来财富，而且会带来伤害。

《蛤蟆之忧》告诉我们，当规则很荒谬时，连蛤蟆都瞎担心。

《邯郸学步》告诉我们，否定自我，一味模仿别人，结果极有可能别人的精髓没学到，自己也迷失了。

《和氏璧》告诉我们，真宝就是真宝，可能会被暂时埋没，

但终究会被发现。

《河豚之死》告诉我们，遇事不顺，只会怪怨别人，乱发脾气，这种愚蠢的行为往往会导致更严重的后果。

《涸辙之鱼》告诉我们，远水解不了近渴，大话空话解决不了实际问题。

《画龙点睛》告诉我们，说话办事要抓住重点，突出关键点。

《囫囵吞枣》告诉我们，万事大都有利有弊，兴利除弊，合理利用即可，切不可不加分析，全盘接受或全盘否定。

焚鼠毁庐

在浙江西边那一带，有一个独居的男子。他编织茅草作为房屋，每天都辛勤耕地种植粮食。时间长了，他的生活必需品都可以自给自足，不依靠别人了。只是还有一个问题困扰着他。他的家里，老鼠成患，白天明目张胆地成群结队行动，夜晚就发出各种磨牙的吱吱声打扰他休息。他一直为此烦恼，却怎么也找不到根除的办法。

这一天，他喝了点儿酒，晕晕乎乎的，刚倒在床上想趁着醉意好好睡一觉，却不想老鼠们又开始吱吱唧唧吵得他无法合眼。他怒气冲冲地爬起来，想着这些该死的老鼠为什么总是死不掉，于是燃起火把开始四处寻找老鼠，边找边烧。老鼠被烧死了不少，可是他用茅草搭建的房屋也被烧毁了。第二天，他的酒终于醒了。看着被自己付之一炬的房屋，他顿足哀叹。他的朋友听说了这件事，来安慰他。他感叹道：“人果真是不能冲动啊，我最初只是因为老鼠为患心里不痛快，现在老鼠没了，可我的房子也没有了啊。”

白雁落网

有一群白雁常常聚集在湖边嬉戏。到了晚上，它们便在湖边栖息。由于担心晚上睡着时被人捉住，雁群头领特意安排一只白雁放哨。整个晚上，放哨的白雁昂着头，环视着静悄悄、一片漆黑的湖边，睁大着双眼，湖边一丁点的异常声响它都不放过。一旦发现有人走近，它便使劲地拍翅，仰头鸣叫，叫醒雁群以躲避人类的攻击。群雁都依赖白雁“哨兵”，它们好安心地进入梦乡。

湖边的猎人像熟悉自己家里一样熟悉湖边的环境，对于雁群的作息和习性，他早就暗中观察了许久。有天晚上，等到热闹的湖边归于沉寂时，猎人悄悄地靠近雁群栖息的地方，小心翼翼地点着了火把，并把熊熊燃起的火把往雁群栖息的地方照去。火光吸引了白雁“哨兵”的注意，它“嘎嘎”地大叫起来。叫声打破了整个黑夜的宁静以及雁群的美梦。猎人趁着雁群还未留意火光时，赶紧把火把弄灭了。群雁全都受惊飞起，却发现湖边什么动静都没有，就放心地陆续落回栖息地，继续休息。

就这样，猎人依此方法反复再三地打扰着雁群的休息。群雁因三番五次受到惊扰，又没发现异常情况，便认为是白雁“哨兵”在欺骗它们，于是扑扇着翅膀，簇拥在一起追啄着白雁“哨兵”。过了不久，发完火的雁群又开始安静下来，渐渐地进入了梦乡。

这个时候，猎人又点着了手中的火把晃向雁群。火光还是那样明亮。被“教训”了一番的白雁“哨兵”发现，明亮的火光在晃动着，离它们越来越近，可是想着之前的经历，它不敢再叫，以免又被群雁追啄。结果，猎人顺利地来到了群雁身边，还在酣睡中的雁群被猎人一个网撒下来，全军覆没。

对牛弹琴

战国时代，有一个叫公明仪的音乐家，他能作曲也能演奏，七弦琴弹得非常好，弹的曲子优美动听。很多人都喜欢听他弹琴，人们很敬重他。

公明仪不但在室内弹琴，遇上好天气，还喜欢带琴到郊外弹奏。有一天，他来到郊外，春风徐徐地吹着，垂柳轻轻地动着，一头黄牛正在草地上低头吃草。公明仪一时来了兴致，摆上琴，拨动琴弦，就给这头牛弹起了当时颇为高雅的乐曲《清角》来。老黄牛在那里却无动于衷，仍然一个劲地低头吃草。

公明仪想，这支曲子可能太高雅了，该换个曲调，弹弹小曲。老黄牛仍然毫无反应，继续悠闲地吃草。

公明仪拿出自己的全部本领，弹奏最拿手的曲子。这回呢，老黄牛偶尔甩甩尾巴，赶着牛虻，仍然低头闷不吱声地吃草。

最后，老黄牛慢悠悠地走了，换个地方去吃草了。

公明仪见老黄牛始终无动于衷，很是失望。

有人对他说:“你不要生气了！不是你弹的曲子不好听，是你弹的曲子不对牛的耳朵啊！”

公明仪深受启发，随即用手指随便拨弄了几下琴弦，发出蚊虫的嗡嗡声，或者用琴弦模仿小牛的叫声。只见那牛开始欢快地摇动尾巴，似乎是要驱赶它身边的蚊虫一般。

公明仪理解了，不是牛听不懂音乐，而是因为自己没有弹出适合牛听的音乐啊。

凤凰和鹞鹰

惠子是魏国的宰相。这一天，他听说庄子要来都城大梁拜访他。庄子是一位博学且品行高洁的人。倘若是求贤若渴的人，或者是渴望真知的人，都很希望见到庄子。然而，惠子对庄子即将到来这件事并不是满心期待的。因为有人对惠子说：“庄子来这里，是想取代您做宰相。”惠子听了这话，十分害怕，于是下令说：“全城搜寻庄子。”

命令下达之后，官兵在城里仔细搜寻了几天几夜，但都没有找到庄子。

一天，庄子亲自去拜见惠子。惠子见到庄子十分吃惊，但又装作很淡定的样子。他心想，绝对不能让他替代自己的位置。庄子看出了惠子的心思，于是给惠子讲了一个故事。

在南方，有一种像凤凰一样的鸟，名叫鹓（yuān）雏。它是一种高傲的，能给人们带来吉祥的鸟。鹓雏从南海起飞出

发，要飞到北海去。一路上，不是梧桐树，鹓雏不会落下来停歇；不是竹子结的果实，鹓雏不会吃；不是甘甜的泉水，鹓雏不会喝。它就这样飞着。

就在这时，有只鸱鹰刚刚觅食到一只腐臭的老鼠。当它看到鹓雏在自己头顶飞过的时候，鸱鹰以为鹓雏要抢它的食物，就抬起头来看着它，怒气冲冲地叫着，想要吓走鹓雏。

这个故事讲完后，庄子问惠子：“现在，您是想用您的宰相之位来吓我吗？”

割股藏珠

大海中有一座宝山，山上散落着各种各样的珍宝。有一个人碰巧在那里得到一颗直径一寸的宝珠，急忙搭船返回陆地。可是，船刚走出没有多远，突然狂风大作，海面顿时掀起惊涛骇浪，蛟龙翻腾，电闪雷鸣，非常恐怖。

船夫战战兢兢地对这个人说:“这是蛟龙想要得到你的宝珠，快把它扔到海里去，否则我们全都会没命的！”这个人又惊又怕，既舍不得扔掉宝珠，又害怕丢掉性命。情急之下，他咬着牙割开大腿，把宝珠藏在里面，海面才渐渐平静下来。

到家以后，他从伤口中取出宝珠。不想没过几天，他就因伤口溃烂死掉了。

割股藏珠的方法历史上是波斯人特有的藏宝秘籍。波斯人远行千里，携带价值连城的珍珠，若按寻常方法携带，极有可能遇到见财起意的歹徒，落得人财两空。割股藏珠虽然让携宝者免不了一时疼痛，但绝无丧命失宝之忧。

与波斯人的割股藏珠相比，中国的同名传说跌宕起伏，显然有更深的含义。

工之侨献琴

有个叫工之侨的制琴技师，得到一块上好的梧桐木，精雕细琢制成了一把琴。安上琴弦后，琴声悠扬，如珠落玉盘，动听极了！工之侨自认这是世上第一好琴，就把它献给朝廷的乐官。乐官让乐工来鉴定，乐工摇摇头说:“这把琴不是古琴！”于是，乐官将琴退给工之侨。

工之侨觉得好笑，但又不想就此放弃。于是他将琴拿回家，找来刻工，让他在琴上雕刻出古代的文字。随后，又找来漆工，在琴身上漆上残断不齐的花纹。一切都装饰好后，他将琴装进一个匣子，埋在了土里。

一年后，他将琴挖了出来，抱着它到集市上售卖。这时，一位穿着锦衣的达官贵人走了过来，一眼就相中了这把琴，接着用一百两黄金将其买下，当作珍宝献给了朝廷。那些乐工将琴相互传看，人人都赞不绝口，甚至有人说:“这真是世上少有的珍品啊！”

工之侨在了解到这些后，不由得感叹说:“这个国家真是可悲啊！我想不单单是一把琴，或许很多事情都是这样。人们不去看事物的本质，只凭借它的外表来做出判定，这真是太可笑了。如果我不早点做打算，恐怕就要和这个国家一起灭亡了。”于是工之侨离开了这个国家，去了一座云遮雾绕的高山上。之后，再也没有人知道他的消息了。

国民善盗

齐国有一个姓国的人家，非常富有。宋国有一个姓向的人家，非常贫穷。姓向的人专程从宋国来到齐国，请教姓国的人发财致富的方法。

姓国的人告诉他说："我非常善于做盗贼。我做盗贼，一年就能自给自足，两年就开始有富余，三年就有大片的耕地，年年大丰收，可以施舍财物帮助乡邻。"

姓向的人非常高兴，以为自己得到真传，将这番做盗贼的话牢牢记在心里。可是，他却没有询问偷盗的方法和对象。

回到宋国后，姓向的人开始四处偷盗，趁夜进入别人家的宅院。每偷盗一家，他把手能够到的、眼能看到的财物全部席卷一空。没过多久，这个姓向的人就被抓个正着，不但判了罪，连房屋和祖上留下来的财产也被官府没收了。姓向的人觉得姓国的人骗了自己，从牢里出来后，就去齐国责问他。

姓国的人问："你是怎样做盗贼的呢？"姓向的人将自己偷盗的经过一五一十说了一遍。姓国的人笑着说："是你误解

了我说的偷盗！而且错得太离谱了！我偷盗阳光雨露，它们使我的庄稼长得越来越好；我偷盗石头和泥土，它们使我的院墙和房子越来越结实；我偷盗地上的飞禽走兽，水里的鱼鳖，这些都是大自然的产物。偷盗天地而生的东西是不会犯法的。你偷盗的金玉珍宝、谷物丝帛，是别人积聚的财物，又不是老天给的！你因为偷盗别人的财物而获罪，难道还是我的错？”

蛤蟆之忧

艾子在海上航行，夜里停泊在一座小岛上，刚要躺下休息，突然听到不远处的水里传来隐隐约约的哭声，好像还有人在说话。艾子吓了一跳，赶紧屏住呼吸，竖起耳朵，仔细倾听。

只听其中一个声音说：“昨天龙王有令，水中凡是有尾巴的动物，都必须斩首，一个都不留。我们鼍（tuó，一种鳄鱼）当然有尾巴，一定会在劫难逃，为天降杀身之祸而哭泣，而你是蛤蟆，没有尾巴，为什么哭得这么伤心？”

另一个声音回答说：“我现在是没有尾巴，可我担心龙王追究我做蝌蚪时的模样，那时候的我是有尾巴的啊！”

邯郸学步

战国时候，燕国的一个少年想成为优雅的人，总觉得自己的走路姿势不好看，害怕别人嘲笑他，心思过重生了病。

一天，他听说赵国都城邯郸的人特别有风度，他们走起路来又潇洒又优雅，姿势特别好看。

于是，少年决定要去赵国学习邯郸人走路的姿势。他不顾家人的反对，带上盘缠，不远千里，满心欢喜地赶往邯郸去了。

没想到，等他不辞劳苦到了邯郸，却不知道该跟谁学习走路姿势。他先跟着小孩学，然后又跟着老人、妇女和男人学，学来学去也没学会邯郸人的走路姿态。更糟糕的是，他已经把自己原来走路的姿势忘得一干二净。

眼看带来的盘缠已经花光，自己一无所获，他十分沮丧，只好暂且回家去了。可是他又忘记了自己原来是怎样走路的，竟然迈不开步子了。无奈，燕国少年只好爬着回去，那样子真是好狼狈。

邯郸，赵国都城，这里有燕赵文化的博大精深和深长厚重。无论是赵武灵王的胡服骑射，还是廉颇蔺相如的以和为贵，无论是精忠舍己的托孤程婴，还是锋芒毕露的自荐毛遂，都给人留下脍炙人口的动人佳话，都给中华文明增添了骄人的光彩。

和氏璧

楚国人卞和在楚山中发现了一块未经雕刻的玉石，便拿着玉石来献给楚国国君厉王。厉王叫玉匠前来鉴别，玉匠说："这是块普通的石头。"厉王认为卞和是个骗子，马上下令砍去了卞和的左脚。

厉王死了以后，武王接替王位，卞和又把这块玉石献给武王。武王叫来玉匠鉴定。玉匠仍说这只是一块普通的石头。武王也认为卞和故意骗自己，下令砍去了卞和的右脚。

武王死了以后，文王继位。卞和怀抱玉石，来到楚山下痛哭，一连哭了三天三夜，哭干了眼泪，连血也哭出来了。文王听到这事，派人去查问，说："普天下被砍脚的人多得很，为什么只有你这么伤心？"卞和回答道："我不是因为脚被砍了才痛哭，而是因为把宝石鉴定为破石头，把正直的人误当成诓骗之徒才痛哭。这才是我悲痛的原因呀。"文王得知后就召来玉匠，认真加工琢磨这块玉石，果然发现这是一块稀世美玉。于是，文王将这块玉石命名为"和氏璧"。

河豚之死

小脑袋大肚皮的河豚十分可爱，所以无论是家人还是朋友都十分疼爱它。时间长了，小河豚竟然没有学会感恩，反而被宠坏了，至少它的脾气是坏透了。

小河豚最喜欢的游戏就是在木桥的柱子间游来游去。这一天，小河豚一边哼着曲，一边在柱子间游来游去，玩得非常开心。

可是就在它忘乎所以的时候，圆滚滚的小脑袋不小心撞上了桥柱。如果说有多疼，那倒是不至于。但是小河豚讨厌自己的不小心，感觉这样很愚蠢。于是它越想越气，顿时变得怒气冲天，并且将对自己的脾气

转嫁给了那根无辜的柱子。它大声喊着:“我在这儿玩得正开心，你为什么要撞上我!”

小河豚越想越生气。它张开腮，竖起鳍，鼓着肚子浮在水面上，狠狠地盯着桥柱，要跟桥柱算账。

就在这时，一只鹰发现了浮在水面的小河豚。鹰看着气鼓鼓的小河豚，慢慢靠近。而此时的小河豚完全不顾及周围的环境，一心盯着那根柱子。突然，鹰急速下滑，瞄准目标，伸出利爪一把钩住了小河豚。

就这样，小河豚被鹰撕开了肚子吃掉了。小河豚贪玩没有节制，遇事还不知道反省，胡乱发脾气，最后被鹰乘虚而入，丢了性命，真是太可悲了!

涸辙之鱼

庄子家里非常穷，已经好几天没怎么吃东西了，饿得有些头昏眼花，走路都轻飘飘的，一副弱不禁风的样子。因为实在没办法，庄子只好硬着头皮去找监河侯，想跟他借点粮食，渡过眼前的难关。

监河侯听明白他的来意，说："这事好办。等年底我拿到封地的租税，借给你三百两银子，怎么样？"听到这话，庄子顿时变了脸色，生气地说："刚才在来的路上，我听到一种奇怪的呼救声，在四周找了半天，才发现泥地上的车辙里有一条鲫

鱼，正张大嘴巴喘着气。我问他：‘鲫鱼啊，你为什么呼救？’鲫鱼回答说：‘我是东海水族的臣民，没想到今天落难，被困在这个狭小干枯的车辙里，你能不能取来一升半斗的水救救我？’”

监河侯听了庄子的话后，便问他是否取水救助了鲫鱼。

庄子看了监河侯一眼，冷冷地继续说：“我告诉鲫鱼：‘这事好办。等我去南方游说吴越的大王，到时候遏制西江的水流，让西江水急速地来救你，怎么样？’”

监河侯听罢，感觉庄子的救助方法十分荒唐，摇着头说：“那怎么行呢？”

庄子点头赞同，接着说：“鲫鱼非常生气，愤怒地喘着粗气说：‘我现在已经离开自己生活的水域，失去了最起码的生存条件，而且危在旦夕，眼看就要一命呜呼。我现在急需的仅仅是一升半斗的水，那样我就能活下去，而你不但不肯救急，还说这样的废话！你与其假惺惺的，还不如趁早到鱼干铺子里找我呢！’”

画龙点睛

南北朝时期的梁朝，有位画家名叫张僧繇。他的绘画技术很高超，在当时声名远扬。当时的皇帝是梁武帝。梁武帝信奉佛教，修建了很多寺庙，知道张僧繇绘画技术精湛就经常要他去绘寺庙内的壁画。

传说有一年，金陵的安乐寺落成，梁武帝要求张僧繇在寺庙的墙壁上画四条金龙。张僧繇答应下来，仅仅用了三天时间就画好了。这些龙画得栩栩（xǔ）如生，惟妙惟肖，简直就像真龙一样活灵活现。

知道是张僧繇画的壁画后，很多人前去观看，每一个人都称赞说太逼真了。可是，当人们走近看时，就发现了美中不足——原来这四条龙都没有眼睛。大家就问画家，为什么不把龙的眼睛画上。张僧繇解释说："给龙点上眼睛并不难，但是点上了眼睛这些龙会破壁飞走的。"

大家听后谁都不相信，认为他这样解释很荒唐，墙上的龙怎么会飞走呢？日子长了，很多人都以为他是在说谎。越来越多的流言逼得张僧繇没有办法，只好答应给龙"点睛"。但是他为了要让庙中留下两条金龙，只肯为另外两条金龙点睛。这一天，在寺庙墙壁前有很多人围观。张僧繇当着众人的面，提起画笔，轻轻地给两条龙点上眼睛。

奇怪的事情果然发生了。他给第二条龙点上了眼睛，过了一会儿，天空乌云密布，狂风四起，雷鸣电闪。在雷电之中，人们看见被“点睛”的两条龙震破墙壁凌空而起，腾云驾雾飞向天空。

人们被吓得目瞪口呆，一句话都说不出来了。过了一会，云散天晴，再看看墙上，只剩下了没有被点上眼睛的两条龙，而另外两条被“点睛”的龙已经飞到天上去了。

囫囵吞枣

几个人聚在一起闲聊。一个年纪大的人说："吃梨对人的牙齿有好处，不过吃多了会伤脾。吃枣却正好与吃梨相反，吃枣可以健脾，但吃多了对牙齿有害处。"

聊天的人里有个呆头呆脑的年轻人。他想了想，然后一副恍然大悟的样子，说："我想到了一个两全其美的办法。如果吃梨的时候，只用牙齿嚼碎，而不咽下去，它就伤不到脾了；吃枣的时候不用牙齿嚼，只是一口吞下去，不就伤不到牙齿了嘛！"

有人跟那个年轻人开玩笑说："你这不就是将一颗枣囫囵着吞下去了吗？这算什么好办法。"大家听了都哈哈大笑起来。

第三章

本章包含13篇寓言，篇幅短小，言简意丰，令人回味无穷。

《画鬼最易》告诉我们，真正认识客观事物，并恰当地表现它，并不是一件容易的事情。

《画蛇添足》告诉我们，做事情要恰到好处，切不可自作聪明，无中生有。

《夸夸其谈》告诉我们，没有真才实学、不切实际、作风浮夸，不会带来任何好处。

《讳疾忌医》告诉我们，小病不治，大病难治。尤其是自己尚未察觉，而专业人士已发现并提出意见时，一定要认真对待，切不可掉以轻心，盲目自信。

《棘尖雕猴》告诉我们，现实生活中有些人故弄悬虚，巧言诓骗，且屡屡得逞，其实只要用心，他们的伎俩并不难识破。

《借梯救火》告诉我们，做事要分清轻重缓急，救急之下不拘小节。

《惊弓之鸟》启示我们，不要因为受过一次伤害就变得敏感异常，柔弱不堪，这样很容易被敌对方利用，甚至被消灭。

《井底之蛙》告诉我们，一个人的眼界很容易受到环境的限制，千万不要认为自己看到的就是全世界。

《九方皋（gāo）相马》告诉我们，判断一个人的高下，

要看他的过人之处，不要拿常人的标准来衡量高人。

《滥竽充数》告诫我们，不学无术，靠欺骗谋生，瞒得了一时，瞒不了一世。

《两叟钓鱼》告诉我们，在一定的客观环境中，心态是成功与否的关键。

《铃铛的作用》告诫人们，遇上不明事理的人，你无论怎么努力解释都是白费口舌。

《刻舟求剑》告诉我们，客观实际是发展变化的，不能把一成不变的模式当成解决问题的万能法宝。

画鬼最易

春秋时期，有一位技艺高明的画家。因其声名远扬，齐王听说后便请他入宫给自己画像。画像的过程中，齐王开口问画师："你画技如此高超，想必画什么东西都得心应手，那么你觉得有什么东西很难画吗？"画师停下正在作画的手，微微思考片刻回答道："我想，最难画的，大概就是活动着的马和狗吧，我自己也画得不怎么样。"

齐王听了他的回答，又开口问道："那你觉得什么是最容易画的呢？"画师未加思索地张口回答："最容易画的，莫过于鬼魅了。"齐王觉得不能理解，问他为什么会这样认为。画师解释道："马呀狗呀这些活物，大家都太熟悉了，几乎天天都能看到。如果你不小心画错了一点儿，大家就会发现，因此是比较难画的，更何况动态中的马和狗，既有形又姿态多样，难度更是增加了许多。至于我说的鬼魅容易画，那也是因为这个东西谁都没有见过，所以我画成什么样子都不会有人站出来反驳，我想怎么画就怎么画。我说它是鬼魅，别人也没办法说不是。所以才说，画鬼魅是最容易最不费神的呀。"

齐王听完点点头，很赞同画师的说法。

画蛇添足

有个楚国贵族祭祀祖宗，仪式结束后，赏给门客一壶好酒。因为门客众多，酒不好分，大家便想出一个分酒的办法：进行一次画蛇比赛，每个门客画一条蛇，谁先画好，那壶酒就归谁。

有一个门客很快就画好了，抬头一看，别人还在画呢，不禁非常得意，心想："他们画得太慢了，即使我再给蛇添几只脚，时间也来得及。"于是，他左手抱着酒壶，右手拿着笔要给蛇画上几只脚。可还没等他画完，另一个门客已经画好了，并夺过酒壶说："蛇本来没有脚，你怎么能给它添上脚呢？你画的根本不是蛇！"说完，一气喝了那壶酒。

夸夸其谈

秦国有个人叫尊卢沙，喜欢夸口说大话，好像自己什么都知道似的。时间久了，自己也不知道自己说的是真还是假了。秦王取笑他，他说：“大王不必笑我，看我用强国之道去游说楚国。”说完之后，就真的到楚国去了。

到了楚国边境，关吏要抓他，他说：“不要抓我，我是来给楚王做军师的。”关吏把尊卢沙送到都城，大夫把他安置到馆舍，并且问他：“先生看得起楚国，从千里外来到我们楚国。能不能先跟我说说强国的道理呢？”尊卢沙大怒道：“这不是你应该知道的。”大夫探听不出他的大计，就去报告上卿瑕。上卿瑕亲自到宾馆拜访他，也像大夫那样向他请教。尊卢沙的怒气更大，连理都不理，只是假装要离开楚国。上卿瑕怕楚王责备他把能人得罪了，赶紧去向楚王报告。楚王不知他底细，赶忙派人去请他。但他还摆起了架子，请了三四次，才勉强去见楚王。

见到楚王，他便大发议论：“楚国的东边有吴国、越国，西边有秦国，北边有齐国、晋国，都想吞并楚国。我这次从晋国经过，知道晋侯正召集诸侯准备结盟共同对付楚国，还说：‘不灭楚国不相见。’事态已经如此，大王还想高枕安眠吗？”楚王被他蒙住了，恭恭敬敬地向他请教解救的办法。尊卢沙指着天说：“只要大王封我为上卿，我定能使楚国强盛。”楚王进一步请教:“那么，请问楚国应该先做什么呢?”尊卢沙大声地说:“这可不是只靠空口白话说的。”楚王还是没弄明白，只好半信半疑地说:“对。”马上封尊卢沙做了楚国上卿。过了三个月，尊卢沙也没表现出什么高深的地方。

事有凑巧，晋侯果然带了诸侯之兵攻打楚国来了。楚王很惊慌，急忙召尊卢沙来问退兵之计。尊卢沙本来就没有什么计谋，只好转着眼珠，闭着眼睛不作声。楚王再三催问，他才说:“诸侯的兵强马壮，替大王着想，不如削地求和。”楚王气得火冒三丈，把他关了三年，然后割了他的鼻子，把他驱逐出境。尊卢沙这才知道夸夸其谈会惹上祸患。

尊卢沙以后再也不敢夸夸其谈，逢到嘴巴发痒的时候，就摸摸鼻子上的疤痕，把要说的话咽回去了。

讳疾忌医

有一天，神医扁鹊去拜见蔡桓公，盯着蔡桓公观察了好一会儿，突然说："大王，据我观察，您正在病中，如果不赶紧治，恐怕会向身体内部扩散。"蔡桓公不以为意，认为医生就喜欢给没病的人治病，好以此来邀功请赏。

过了十天，扁鹊再次来拜见蔡桓公。这一次，他焦急地说："大王，您的病已经发展到皮肉之间，如果不抓紧时间治疗，恐怕还会加深。"蔡桓公听了很不高兴。

又过了十天，扁鹊又来拜见蔡桓公，更加焦急地劝道："大王，您的病已经发展到肠胃了，

不能再耽误下去了，要赶紧医治！”蔡桓公还是不以为意，认为扁鹊危言耸听，非常不高兴。

又过了十天，扁鹊再来拜见蔡桓公时，只瞟了蔡桓公一眼，转身就走。蔡桓公觉得很奇怪，派人去问原因。扁鹊回答说：“人不怕生病，只要能及时治疗，病就会慢慢好起来。最怕的是人有病，却偏偏说自己没病，不肯接受治疗。现在大王的病已经深入骨髓，医生已经无能为力了，所以我转身就走，不再请求为大王诊治。”

果然，只过了五天，蔡桓公突然发病，而且病情来势汹汹。他赶紧派人去请扁鹊。可是，扁鹊知道蔡桓公的病无法治疗，担心因此被杀，早逃到秦国去了。没过几天，蔡桓公就病死了。

棘尖雕猴

燕王喜欢小巧玲珑的东西。有个卫国人来拜见燕王，自夸雕刻技艺了得，能在棘尖上雕刻出活灵活现的母猴。燕王听了非常高兴，认为他是个巧匠，给了丰厚的俸禄和很多赏赐，并将他供养在身边。

有一天，燕王对这个巧匠说：“我想欣赏一下你在棘尖上雕刻的母猴。”

巧匠回答说：“大王要看的话，必须在半年内不与后宫的王妃们欢聚，不能喝酒，不能吃肉，然后选一个雨后日出、日光半明半暗的时间，才能欣赏到我在棘尖雕刻的母猴。”

燕王一听，琢磨了一下，觉得这些条件太难办到，于是再也没提看棘尖母猴的事，继续供养着巧匠。

有个郑国铁匠听说这件事后，特意来见燕王说：“我是专门打制刀具的人，打制过各种雕刻用的削刀。即使雕刻再精巧的东西，削刀也要比被雕刻的东西小，而棘尖那么细小，根本无法容纳削刀的刀锋，怎么可能雕刻出猴子呢？大王您不妨看看那个巧匠的削刀，能不能在棘尖上雕刻猴子，也就一目了然了。”

燕王觉得非常有道理，叫来巧匠问：“你在棘尖上雕刻母猴，用的是什么工具？”

巧匠回答说：“用削刀。”

燕王说：“我想看看你的削刀。”巧匠吓得心惊胆战，故作镇静地说：“请大王允许我回住处取来。”结果，巧匠赶紧趁机逃跑了。

借梯救火

有个赵国人家中失火，火苗蹿上了房顶。家中没有梯子，他只好派儿子到村口朋友家借梯子。儿子不慌不忙，大摇大摆地来到村口朋友家。主人见朋友的儿子来了，连忙出来迎接。

主人看到客人从容不迫，彬彬有礼，落落大方，一种敬佩之心油然而生，便更加殷勤地招待客人。主人命令仆人摆上宴席，盛情款待。

席间主人特地献上肉食，这是招待尊贵的客人

时才有的。主人还向客人敬酒，客人起立举起酒杯，慢慢地喝下，并回敬了主人。饭桌上宾主友好客气，一顿饭吃了很长时间。

酒饭过后，主人问他："您大驾光临，真令寒舍蓬荜生辉，有什么事需要我帮忙吗？如果有的话，请尽管吩咐，能做到的话，我一定不会推辞。"

他这才开口说："家中不幸，上天降祸到我家，发生了火灾，我们家的房子着火了。烈焰正在熊熊燃烧，想要爬上高大的房屋去浇水灭火，肋下又没长着翅膀，飞不到房上，一家人只能望着着火的房子哭喊。我们听说您家里有梯子，父亲特遣我来，向您借梯子一用。"

主人听了，大吃一惊，这才知道他家着火了。俗话说，水火无情，求助者怎么能这样不紧不慢呢？主人急得直跺脚，这才叫人抬上梯子，迅速往他家跑。可是，等他们到的时候，房子早已经烧成灰烬了。

惊弓之鸟

更羸是古时候魏国有名的射箭能手。

有一天，更羸跟魏王到郊外打猎。一只大雁从远处慢慢地飞来，边飞边鸣。更羸仔细看了看，指着大雁对魏王说：“大王，我不用箭，只要拉一下弓，这只大雁就能掉下来。”

“是吗？”魏王信不过自己的耳朵，问道，“你有这样的本事？”

更羸说：“请让我试一下。”

更羸并不取箭，他左手拿弓，右手拉弦，只听得“嘣”的

一声响，那只大雁直往上飞，拍了两下翅膀，忽然从半空里直掉下来。

“啊！”魏王看了，大吃一惊，“真有这本事！”

更羸笑笑说：“不是我本事大，是因为我知道，这是一只受过箭伤的鸟。”

魏王更加奇怪了，问：“你怎么知道的？”

更羸说：“它飞得慢，叫的声音很凄惨。飞得慢，因为它受过箭伤，伤口没有愈合，还在作痛；叫得悲惨，因为它离开同伴，孤单失群，得不到帮助。它一听到弦响，心里很害怕，就拼命往高处飞。它一使劲，伤口裂开了，就掉下来了。”

井底之蛙

有只住在废弃浅井里的青蛙，对自己生活的小天地非常满意，常常找机会向别的小动物吹嘘。

有一天，它趴在井沿上，看到一只东海大龟正在远处散步，便大声喊道：“喂！东海大龟！快过来歇歇吧！”

等大龟爬过来，青蛙开始炫耀说：“我在这里生活得太快乐啦！跳出去就能在木栏上玩耍，跳进来就能在井壁边休息；在水中游，水托着我的腿和脸，可以让我轻松地游来游去；在泥里踩，泥只埋住我的脚背，我可以自由自在地散步。看看四

周的蚊子幼虫、小虾、小蟹和小蝌蚪，谁能比得上我呢？而且，我一个人独占着一坑水，在井里蹦蹦跳跳，想停就停，想走就走，真是快乐到极点啦！东海大龟，你快进来参观一下吧！”

听到青蛙的夸耀，东海大龟决定进去参观一下。可是，它一只脚还没伸进去，膝盖就被卡住了，不得不退回去。

它问青蛙说：“你见过大海吗？”青蛙摇摇头。大龟说：“在我居住的东海，海水无边无际，看上去就好像跟天连在一起，千尺都不足以说明它有多深。发水灾时不见海水增多，旱灾时也不见海水减少，住在这么宽广无边的大海里，才是最大的快乐呢！”

这只井底之蛙听完，惊讶得张大嘴巴，呆呆地看着大龟，心里觉得很惭愧：原来自己这么渺小、这么无知啊！

九方皋相马

春秋时期，秦穆公对相马专家伯乐说：“您已经上了年纪，需要颐养天年了。您的家族中有没有继承您衣钵（bó）的人，可以派出去寻求好马？”

伯乐回答说：“一般的好马能从形体外表、筋肉骨架上观察出来，而天下无双的千里马却不是这样。千里马的外形与一般的好马差不多，优点若隐若现，普通人观察不到。可是，它跑起来速度极快，而且蹄不着地，不沾尘土，不留蹄印，就好像消失隐没了一样。我的儿子才能不够，只能识别一般的好马。不过，我有个曾经一起担柴运菜的朋友，名叫九方皋，相马的本领不在我之下，您可以见见他。”

秦穆公召见了九方皋，派他到各地寻找千里马。几个月后，九方皋回来报告说：“我在沙丘那里寻到了千里马。”秦穆公高兴地问：“那是一匹什么样的马？”九方皋回答说：“是一匹黄色的母马。”

秦穆公派人前去沙丘取回马，竟然是一匹纯黑色的公马，和九方皋说的完全不一样。秦穆公很不高兴，召来伯乐埋怨说：“您推荐的相马专家，连马的毛色、雌雄都分不清！”

伯乐却长叹一声，感慨地说：“没想到九方皋相马已经到了这种境界！完全不受外部特征的干扰，只看马的天赋灵性和内在本质，观察那些需要观察的，忽略那些不需要观察的。像九方皋这样的相马人才，要比千里马宝贵得多啊！”

经过试骑，秦穆公发现，九方皋挑中的这匹马，果真是天下无双的宝马。

滥竽充数

战国时期，齐宣王非常喜欢听人吹竽，而且喜欢许多人一起合奏给他听，因此他派人到处搜罗能吹善奏的乐工，组成了一支三百人的吹竽乐队。而那些被挑选入宫的乐师，受到了特别优厚的待遇。

当时，有一个游手好闲、不务正业的浪荡子弟，名叫南郭。他听说齐宣王有这种嗜好，就一心想混进那个乐队，便设法求见宣王，向他吹嘘自己是一名了不起的乐师，最终博得了宣王的欢心，进到了吹竽的乐师班里。

可笑的是，这位南郭先生根本不会吹竽。每当乐队给齐宣王吹奏的时候，他就混在队伍里，学着别的乐工的样子，摇头晃脑，煞有介事地在那儿吹奏。因为他学得惟妙惟肖，又是几百人在一起吹奏，齐宣王也听不出谁会谁不会。就这样，南郭混了好几年，不但没有露出一丝破绽，而且还和别的乐工一样领到一份优厚的赏赐，过着舒适的生活。

后来，齐宣王死了，他儿子齐湣（mǐn）王继位，湣王同样爱听人吹竽。只有一点不同，他不喜欢合奏，而喜欢乐师门一个个单独吹给他听。

南郭先生听到这个消息后，吓得浑身冒汗，整天提心吊胆。他想，这回要露出马脚来了，丢饭碗是小事，要是落个欺君犯上的罪名，连脑袋也保不住了。因此，趁湣王还没叫他演奏，就赶紧溜走了。

两叟钓鱼

两位老者坐在溪流边的石头上钓鱼。甲老钓的鱼很多，而且钓得很容易，隔一会儿就能钓上来一条。乙老钓了半天却一无所获。乙老放下鱼竿，问甲老说："我们两个人用相同的鱼竿，相同的鱼线，相同的鱼钩，相同的鱼饵，为什么我钓不上来鱼呢？"

甲老回答说："我只想着把鱼钩下好，并不惦记怎么钓上鱼，所以眼不眨，神色不变。鱼儿感觉不到我要钓它们，于是放心大胆地来吃鱼饵，很容易上钩。你总想着钓上鱼，神态一会儿一变，鱼自然被吓跑了。"

乙老按照甲老的样子去做，果然钓到好几条鱼。

这则故事告诉我们，做事要冷静沉着，不可轻浮躁动，也不要三心二意或急于求成，要用一颗平常心来对待事物，强求的结果经常是一无所获。即使无法做到气定神闲、举重若轻，起码也要专心致志，这是能做好事情的前提条件。

铃铛的作用

营丘有个读书人，喜欢跟别人争论，没理也要辩三分。有一天，他去问艾子："大车下面和骆驼的脖颈上都要挂个铃铛，有什么作用呢？"

艾子回答说："大车和骆驼的形体比较大，又经常在夜间赶路，遇到路窄的时候容易出事故，挂上铃铛，可以让对方提前听到铃声，相互避让。"

读书人又问："佛塔顶端也挂着铃铛，难道是为了夜间走路相互避让？"艾子回答说："鸟雀喜欢在高处筑巢，鸟粪落得到处都是。佛塔顶上的铃铛是为了惊走鸟雀，阻止它们筑巢。"

读书人又问："打猎用的鹰和鹞，尾巴上也系着铃铛，难道是为了避免鸟雀在尾巴上筑巢？"艾子回答说："鹰和鹞有时钻到树林里捉鸟雀，拴在脚上的绳子容易被树枝绊住，而这时只要它们一拍翅膀，铃铛就会响，人们可以循着声音找到它们。"

读书人不甘心地问："我曾见过出殡的场景，走在最前面的挽歌郎，手里摇着铃铛。以前不懂是什么道理，现在才明白原来是担心脚被树枝绊住，方便别人来寻找。只是，不知道挽歌郎脚上的绳子是皮绳还是麻绳？"

艾子听了又好气又好笑，回答说："挽歌郎是给死人开路的。因为死者生前和人说话时，总是不明事理，故意刁难，所以摇摇铃铛让死者开开心！"

刻舟求剑

楚国有个人坐船渡江。船到江心，一不小心他的佩剑磕到船舷，顺势掉到水里去了。只见他不慌不忙地在船舷处做了一处标记。同船的其他人不懂他的做法，倒是着急地提醒他要想办法打捞落水的剑。楚人并没有理会他们的提醒，只是摇着手说没关系。其他人看他似乎并不在意，也就不再言语了。

船靠岸了，众人都上了岸，楚人来到有着标记的船舷处，纵身跳下水去了。过了一会儿，只见他垂头丧气地浮出水面，嘴里还嘟囔着："真是奇怪，我的剑就是从这里掉下去的，为什么找不到了呢？"众人听见，恍然大悟。原来楚人以为他的剑会跟着船一起渡过江来，所以才在船舷上做了标记。

有人看他如此愚笨，便提醒他："你在船上刻的标记毫无意义啊！剑是会沉底的，怎么可能顺着江一路漂下来呢？船走了这么久，你却还在这里找，怎么会找得到呢！"

第四章

这一章包含15篇寓言故事，篇幅短小，哲理丰富。

《狗猛酒酸》告诉我们，只有赶走像猛狗一样的恶人，才能招来贤才，国家才能昌盛起来。

《鲁班刻凤》告诉我们，真正有才能的人不会因别人的误解影响自己的心情，努力工作的成果迟早会证明自己。

《盲人摸象》告诉我们，说话办事不要以偏概全，只见树木不见森林。

《买椟还珠》告诉我们，说话办事不要主次不分，只注重外表不注重实质。

《目不见睫》告诉我们，要有自知之明，如果眼里只有别人的缺点，而看不到自己的缺点，盲目自大，结果必然失败。

《南辕北辙》是个经典寓言。我们常常来嘲笑那个魏人，实际上好多时候自己也犯着同样的错误。

《怕老鼠的猫》改变了我们的传统认知，同时也启示我们，如果长期懒散，连生存本能都会退化。

《庖丁解牛》告诉我们，做任何事情都需要用心，只有掌握规律，才能游刃有余。

《歧路亡羊》告诉我们，无论是做学问，还是工作、生活，只有方向正确，才不会在复杂多变的情况下迷失方向，从而取得成果。

《杞人忧天》告诉我们，不要成天为那些没有依据的事情发愁担忧，而是要努力学习，开阔眼界，这样才能更好地理解未知的世界。

《秦氏好古》讽刺那些缺乏眼光、缺少见识却假装内行的人士，这种人的下场往往不会好。

《蜀贾卖药》告诉我们，无论是官场，还是生意场总有黑暗和不公平的一面，但为官不正派、为商利欲熏心总会遭到世人的唾弃。

《黔驴技穷》告诉我们，虚有其表，本领有限，总会有露馅的一天。

《曲突徙薪》告诉我们防患于未然的道理。

《千金买骨》告诉我们，只有重视人才，以诚相待，才会吸引人才。

狗猛酒酸

从前，宋国有个卖酒的人，酿的酒又香又醇。他号称买卖公平，从不缺斤少两。他常常把酒旗高高地挂在店门外，招揽街上来往的顾客。如有客人来买酒，他都热情招待，对客人恭谨有礼。照理说，他的酒店应该门庭若市，生意应该红红火火。奇怪的是，他醇香的美酒总卖得不好，久而久之，来买酒的人越来越少，酿的酒都变酸了。

卖酒的人感到困惑不已，于是他请教住在同一条巷子里的一位同乡长者。

长者问他："请问你店里是不是养了一条凶猛的狗？"

他回答道："店里确实养了一条凶猛的狗。不过，这和酒卖得好不好有什么关系呢？"

长者叹息道："狗太凶猛了，人们都害怕它。有的人会让自己的孩子来买酒。小孩子常常提着酒壶，怀里揣着钱，高高兴兴地来买酒，你的狗却扑上去咬他们。久而久之，大人都不敢差遣小孩子来买酒了。这就是酒卖得不好最终变酸的原因啊。"

这和国家遭逢恶犬是一样的道理。有才能的人常身怀治国良策，他们想让统治国家的君主了解他们的治国良策，想让君主更加贤明，可奸邪的大臣却像恶犬一样扑上去咬他们。这就是君王为什么被蒙蔽和胁迫，而有才能的人不被任用的原因啊！

鲁班刻凤

鲁班是一个手艺非常高超的木匠，被后世尊称为“木匠的祖师爷”。

鲁班年轻的时候名声还没那么大。有一天，他决定用木头来雕刻一只凤凰。他先去树林里挑选质地坚硬而又韧劲十足的木材，又采集奇花异草，调制出鲜艳的颜料。材料准备就绪后，他就在自己的木匠铺里雕刻起凤凰来。一群人围着鲁班，不知道他在干什么，好奇地说笑着。

第一天，他雕刻的是凤凰的身体。他正挥动凿子，干得起劲时，有人指着鲁班雕刻的凤凰身，就说：“这是老鹰吧，要不然就是鸭子。师傅呀，你雕的这个鸭子也太丑了，连羽毛也没有。”鲁班看着他笑笑，什么也没说。

第二天，他开始雕刻凤凰头了。他正拿着刻刀，在精雕细琢的时候，有人说：“这是伽（qié）蓝鸟吧。我以前见过这种鸟，可你雕刻的这个也太大了，实在显得很笨重，还是改小一点好。”鲁班听见这话，也只是笑笑，什么也没说。

第三天、第四天、第五天，鲁班雕刻的凤凰渐渐可以看出一个大概的形状了。可凤冠和凤爪都没有雕好，翠绿的羽毛也还没有安上。那些围观的人，都讥笑它又丑陋又笨拙，说着说着就散去了。

终于，整整七天过去了。这一天，鲁班的木匠铺静悄悄的，一点动静也没有。邻居们感到很奇怪，就三三两两地凑到他的窗口张望。忽然间，他们觉得眼前一亮，有什么东西从窗口一掠而过。只见那翠绿的凤冠高高耸立，大红的凤爪美妙优柔，锦绣般的身躯闪闪发亮，美丽的翅膀像是灿烂的火花……原来，这就是鲁班刻的那只凤凰啊！只见它展翅翱翔在栋梁之间，飞呀，飞呀，连着飞了三天，都没有落下来。直到这时，人们才啧啧称赞：

“这凤凰雕得太妙啦！”

“是啊，可是鲁班师傅上哪儿去了？”

人们四下寻找的时候，鲁班却早已离开了这里，又到别的地方继续做木匠活去了。

盲人摸象

从前有四个盲人，有一天恰好他们相聚在一起。这时有人感叹，都听别人说大象是怎样的庞然大物，可我没见过，也没有摸过，真是遗憾啊。正好路边有人家里有头大象。这家人听见他们的谈论，心生怜悯，便带着他们来到家中，并告诉他们，面前的这个动物就是大象，他们可以尽情地摸一摸大象。

这时，摸到大象牙齿的那个盲人惊讶地喊起来："天啊！原来大象是这样的动物啊，我看大象就和一根比较大的萝卜一样！"这时，摸着大象耳朵的盲人不乐意了，嘟囔着："你在说什么傻话呢！明明大象就像个簸箕一样。就是没簸箕硬，软绵绵的罢了！"这时摸着大象腿部的盲人笑出声来："哈哈哈，你

们都错啦！大象明明就像个柱子，又粗又壮！”只有一个盲人不吱声。大家问他怎么不说话。只见那个人手里握着大象的尾巴，慢悠悠地说道：“大象不过是个像麻绳一样的东西，你们一个个还争来争去的。”

那个带他们来的人听着他们争吵，摇了摇头感叹道：“世间的人又何尝不是如此呢！只看到一点儿片面的东西，就以偏概全，不去求证事物的本质啊。”

买椟还珠

春秋时期，楚国有个人家里藏有一颗非常珍贵的珍珠，打算拿到郑国去卖。为了让珍珠能卖得贵一些，并且尽可能快地卖出去，他决定为它制作一个精巧、漂亮的匣子。他找来了稀有的木兰木做主材。做成匣子后，先用香料熏，使木匣馨香扑鼻，而后在匣子的四周镶上晶莹的美玉，刻上绯红的玫瑰，缀上碧绿的翡翠。那木匣果真精致美观极了。

盛着珍珠的匣子陈列在郑国的市场上，芳香精美的匣子吸引了很多顾客。这时，郑国的一个富人走了过来，把那个匣子捧起来看了又看，一副爱不释手的样子。“这么精巧的匣子，咱们郑国从未见过呀！”富人说。楚人立即乘机打开匣子，拿出珍珠，夸耀他的珠子质地如何好，颗粒如何大，色泽如何晶莹。然而几乎没有人听他的介绍，大家都目不转睛地瞅着匣子。楚国人报了个价，那个郑国富人二话没说就买了下来。楚国人高高兴兴地准备离开，却又被叫住了。富人把那个匣子小心地捧在手心，把珠子取出来还给了卖家，说是只要这个匣子就好了。楚国人目瞪口呆，拿着他的珍珠，看着那个乐颠颠的郑国人带着珠匣走了。

目不见睫

楚庄王打算出兵讨伐越国。杜子听到之后，就劝阻他说：“大王为什么要讨伐越国呢？”庄王说：“越国政治混乱，兵力疲弱，他们现在情况这么糟，我们一定能取得胜利。”杜子说道：“大王，我虽然见识不多，但攻打越国这件事很让我担忧。打个比方说，一个人的眼睛虽然可以看见很远的东西，但却看不见自己的睫毛。自从大王的军队被秦国和晋国打败之后，已经丢掉了几百里的土地，而且国内还有人造反，官吏们也平息不了。我看楚国的情况比越国好不了多少啊！现在您却要去攻打越国，这表明您就像眼睛看不见自己的睫毛一样，看不到自己的弱点。”楚王听到杜子的这番道理之后，便放弃了攻打越国的打算。

目不见睫是指人的眼睛看不到自己的睫毛，比喻没有自知之明。生活中，人们常常能够看到别人的缺点，却看不到自己的缺点。如果总是只注意别人的缺点，忽略自己的缺点，就会做出错误的判断。

南辕北辙

从前有一个魏国人，他想游历楚国。于是他带足盘缠，雇了最好的马车，驾上最擅长赶路的骏马，请了驾车技术最精湛的车夫上路了。楚国的地理位置应该在魏国的南面，可这个魏国人却并不在意这个，他告诉车夫尽全力赶车，向北出发。

路上偶尔会遇到熟人。双方寒暄几句，熟人便问他要去哪里。他大声回答说：“我要去楚国游历一番。”熟人看着他要去的方

向，有些疑惑地告诉他说："可是，你这去的方向到不了楚国啊，方向正好搞反啦！"那人听了，满不在乎地摇头说道："没关系，我的马可是最好的马，赶路快着呢！"熟人替他着急，看他不听劝告想走，就不顾危险上前拉住他的马，大声说："方向都错了，你的马再快，也到不了楚国呀！"谁知那人依然毫不醒悟，脸上还带着一些不屑，说："这有什么关系呢，我带的路费可多得很呢！"熟人见他还是不懂，就继续极力地劝他："就算你路费再多，但是你走的不是那个方向，你路费再多也只是白白浪费啊！"这个一心只想着要到楚国的魏国人不耐烦地大声喊道："这有什么难的！我的车夫本领那可是顶好的，你就别操心了吧！"说罢，就吩咐车夫继续赶路。熟人看他这样，只好无奈地松开了拉住马的手，眼睁睁看着那个魏人离楚国越来越远。

这个魏国人，不听别人的指点劝告，仗着自己的马快、钱多、车夫好等优越条件，朝着相反方向一意孤行。方向错了，结果只能是离目的地越来越远。

怕老鼠的猫

卫国有个姓束的人在家里养了一百多只猫，家附近的老鼠几乎都被猫吃光了。猫没有食物，饿得喵喵叫，主人就买肉来喂猫。那些后来出生的猫，每天习惯吃现成的肉，根本不晓得还有老鼠这种食物。

有一天，邻居家闹鼠灾，来束家借猫抓老鼠。束家的猫见到老鼠，感到非常新鲜，不知道这种翘着两撇胡须、耸着两只小耳朵"吱吱"叫的动物是什么，于是蹲坐在桌子上，目不转睛地盯着看。

第二天，邻居把猫给送回来了，无可奈何地说："你家的猫根本就不抓老鼠，怎么回事呢？"主人很纳闷，说："不会的，它长得多结实，怎么可能不抓老鼠呢？"

邻居说："你自己亲眼看看就知道了。"

猫的主人半信半疑，带着猫随邻居一块儿到了邻居家里。晚上，屋里安静下来以后，只见老鼠从洞口里探出头来，看看没有什么动静，便四处乱窜，跳上桌子，钻进床下，"吱吱"地叫个不停。而猫呢，却老老

实实地趴在那里，直勾勾地看着老鼠，好像在看一个什么怪物。

老鼠看到猫呆呆的样子，胆子大了起来，一点一点地往猫跟前走去，猫被吓得直跑。老鼠胆子更大了，索性一路追来，猫吓得浑身发抖，迅速逃出了房门。

庖丁解牛

有个厨师叫丁，他为梁惠王宰牛。他手接触的地方，肩膀倚靠的地方，脚下踩踏的地方，膝盖抵着的地方，都发出轻快的皮骨相离的声音。这些富于节奏感的声音，配合着庖丁流畅自如的动作，如同乐舞般美妙。

梁惠王说："好！太好了！你的技术怎么能到了这种高明的地步呢？"

庖丁放下刀子，回答说："我所追求的是自然规律，已经超越了仅仅追求宰牛的技术本身了。一开始我宰牛的时候，因为对牛的结构还不了解，眼里看到的只是牛。三年以后，我对牛的内部非常了解，就看不见完整的牛了。现在，我能够用心而不用眼睛看，依照牛的自然肌理结构，劈开大的缝隙，顺着骨节之间的空穴地方，按照牛身体本来的结构用刀，刀不去碰那些经络相连的地方、紧紧附在骨头上的肉以及筋肉聚集的地方，更不去碰骨头！所以我的刀用了十九年，宰过的牛几千头，但刀刃还像刚磨好的一样，锋

利无比。即便这样熟练，每次到了筋骨聚集交错的地方，我都会十分警觉，视线集中，动作放慢，轻轻让刀在骨缝中游走，最后使整头牛骨肉分离，像沙土散落一地。我骄傲地提刀站着，向周围叫好的人致意，心情从容且满足，然后把刀擦拭干净，收藏起来。”

梁惠王说：“太好了！我听到你说的这番话，明白了很多道理。”

歧路亡羊

一天，杨子的邻居丢了一只羊。邻居十分心急，连忙请来所有的亲戚朋友帮忙寻找。随后，又来敲杨子家的门。

杨子问道："有什么事情吗？"

邻居连忙说："我家的羊丢了一只，我想请您家的孩子帮我一起去找羊。"

杨子奇怪地问："一只羊不见了，为什么让这么多的人去寻找？"

邻居回答说："羊跑丢的路线上，岔路太多，所以我想多派些人，这样可以保证每条岔路都可以有人去追丢了的羊。"

杨子了解后，就命自己的儿子听从邻

居的安排一起去找羊了。可是没过了一会儿，找羊的人都回来了。杨子问："找到羊了吗？"

邻居回答说："岔路太多了，岔路的尽头又分了好多条岔路，实在是不知道那只羊到底往哪条路跑去了。没办法，我只能放弃寻找了。"

杨子听了，沉默了好久。后来当他的学生在学习的时候不专心，或者什么都想学，又什么都学不精的时候，他就想起了邻居丢羊的故事。于是他就将这个故事讲给自己的学生听，并且跟他们说："如果我们求学问的人，也是东抓一把，西抓一把，而不是专心致志，就会像在岔路上找羊一样，最后什么都得不到。"

杞人忧天

春秋时期，有个很小的国家杞国。杞国有一个人，整天担惊受怕，害怕天会塌下来，地会陷下去，自己变得无处安身，尤其是在下雨打雷的日子，分分秒秒都在担心。因为忧虑，他每天吃不好，睡不好，更不肯到外面走走，人也变得面黄肌瘦。

一位热心人听说这件事后，担心他这样下去会生病，于是好心来开导他说：“天不过是聚集在一起的一团气罢了，没有哪个地方是没有空气的。你走路、跑步、吃饭、穿衣、睡觉、无时无刻不在天地间活动。大家都是这样生活，你怎么会担心天塌下来呢？”

这个杞国人说：“天如果是一团气，哪里能托得动东西，太阳、月亮、星星，不就会掉下来吗？”热心人说：“太阳、月亮、星星，不过是聚集在一起会发光的气体，即使掉下来，也不会砸伤人。”

杞国人又问：“那要是地崩陷了怎么办？”热心人说：“地就是聚积在一起的土块罢了，土块填满四方，没有地方是没有土块的。你每天站立行走、蹦蹦跳跳的，在地上动动停停的，怎么会担心它会崩陷呢？”

杞国人听了这番合情合理的话，终于卸下心中的忧虑，脸上露出笑容，要拉着热心人出门走走，请他吃饭以示谢意。热心人见他排除了忧愁，也非常开心。

秦氏好古

秦朝有个读书人秦氏，酷爱古董，即使古董价钱再贵，也一定要买到手。有一天，一个人带着领破席走上门来，说：“从前鲁哀公设座，请教于孔子，我拿来的就是孔子当时所坐的席子！”秦氏高兴极了，认为这是很有价值的古物，要是能归自己所有就太好了，于是他就拿靠近外城的田地来换下这领席子。

过了一些时候，又有一个人拿了一根拐杖找到秦氏，说：“这是周文王的祖父周太王避开狄人去豳（bīn）地时所拄的那根拐杖呀！比孔子坐过的席子要早好几百年。你用什么交换？”秦氏又觉得这是很贵重的古物，值得买下来，就把能拿出来的家产都给了他。

接着又有人拿着一只破碗找上门来，说：“席子和手杖皆不算古老，这只碗是夏桀时制成的，比周朝古老多了吧！”秦氏认为这只碗更加久远了，于是把住房让出来给了那人。三件古董已经到手，但是田地资产也用尽了，穿的、吃的都没有了。然而，秦氏的好古之心不变，始终不忍舍弃这三件古董。于是，他身披孔子席，手拄太王杖，端着夏桀时的碗，在大街上乞讨，嘴里还在不停地哀告：“列位供养衣食的父老乡亲们，谁有姜太公的九府古钱请给一文吧。”

蜀贾卖药

蜀地有三家药店。由于这三家药店的经营模式不同，所以这三家店的经营情况也不一样。

第一家药店的老板专门收购上等药材。他一心想卖好药给病人，所以对药品的选择十分严格，并且不为自己牟取暴利，只根据收购价来决定售价。老板原本以为大家会因为药品的品质好，生意也跟着好，但没想到来这里买药的人并不是很多。

第二家药店的老板则不论药材品质的优劣一律收购。来买药的人如果出价高，他就将上等的药材卖给顾客；来买药的人如果出价低，他就把劣等的药材卖给顾客。

至于第三家药店的老板，他不要价钱高的上等药材，只收购劣等药材。他的药品不但售价很低，如果顾客要得多，老板还能再给顾客优惠。买家和卖家从来没有争执。他家的门槛被接连不断的顾客踩得一个月就得换一回。一年后，这家的老板就成了大富翁。第二家的老板两年后生活富足，颇有盈余。只有第一家的老板，基本没有什么生意，常常吃了上顿没下顿。

这种现象让当时的为官者感觉到奇怪，并且感叹道：“如果做官的人也像这样，清廉的人穷困潦倒，贪婪的人飞黄腾达，这可真是一件让人悲伤的事情啊。”

黔驴技穷

贵州人向来不养驴子。有个好事的人却在外面买了一头，用船载了回去。但是实在派不上什么用场，主人就把它放在山下，让它自己去寻食。没过多久，来了一只老虎。老虎以前没见过驴子，一看驴子比自己还要高大，就以为是个怪物，不敢暴露自己，躲在密密的树丛里偷看。过了一会儿，老虎慢慢接近驴子，小心翼翼地观察它，还是看不透驴子究竟是什么东西。

有一天，老虎正在打量这头驴子，忽然驴子大叫了一声，老虎以为是驴子要咬它，吓得屁滚尿流，一口气跑出去好远，还时不时回头，看那怪物有没有追过来。可是过了好久也没什么动静，老虎就又走回来看看驴子，并没有发现什么特别的地方。怪物的叫声着实奇特，但似乎也并没有什么可怕之处。于是老虎就再走近点，从前面看看，从后面瞧瞧，觉得也没什么可怕的，但还是不敢马上扑过去咬它。于是老虎又走近一些，走到驴子身边，发现驴子既不追也不逃，便挨近驴身，靠它一下，挤它一下，用头拱它一下，用爪子扑它一下。驴子终于发怒了，拿出了它的看家本领，用后腿使劲一蹬。这时候，老虎可看透驴子了，心想：“原来它就只有这么一手呀！”于是，猛然向前一扑，把驴子扑倒，咬断它的喉管，把它吃掉了。

唉！驴子身形硕大，声音洪亮，好像本领高强。如果不是暴露了它仅有的本领，确实能够让凶猛的老虎都裹足不前。只有真正的本领才能保全自己，外强中干迟早会被识破。

曲突徙薪

一位客人到主人家做客，注意到主人家灶台上的烟囱砌得很直，旁边还放着一堆柴草，就好心提醒主人说：“您得把烟囱拐个弯道，柴草要放得远一点儿，不然这样太危险，容易发生火灾。”主人听了不以为意，心想：“真爱多管闲事！”

没过几天，那户人家真的失火了。幸亏大家都来帮忙救火，及时将火扑灭，才没有发生大祸。第二天，主人杀牛大摆宴席，答谢帮忙救火的乡邻，将出力最多的邻居请到上座，其他人也按照出力多少依次入座，而那位最早提出忠告

的客人，主人根本没想到请他入席。

大家觉得很奇怪，就问主人原因。主人说："我今天是要请所有帮忙救火的人，至于提出建议的那个人，在火灾当天，我并没有看见他呀！"

"你错了！"当中一个人说，"如果你早听了他的话，这次失火就可以避免了。你感谢我们帮忙救火，难道就忘了他提出曲突徙薪的一片好心吗？"

主人被这话提醒，心中过意不去，赶紧去请那位客人过来，并让他坐到上座。主人虽然禀赋低下，但能在众人开导下明白道理，还算可教之人。

千金买骨

从前，有个国君愿意用千金的高价来购买千里马，但过了三年，千里马还是没有买到。有个人毛遂自荐说："请您让我去寻找千里马吧。"

于是国君派他去了。几个月后，这个人终于找到了一匹千里马，但是马已经死了。但他毫不犹豫地用五百金把死马的骨头买了回来。国君一见，非常生气，大骂道："我要的是活马，要这死马干什么？还白白浪费了五百金！"这个人不慌不忙地回答说："大王请息怒。马死了我们都肯用五百金把它买回来，更何况活马呢？这等于是向天下人表明了您买马的诚意，从此以后千里马定会送上门来的。您不相信可以等着瞧。"

果然，不到一年，送上门来的千里马就有三匹之多！

第五章

本章包含17篇寓言故事，文字不多，寓意深刻。

《蜀鄙之僧》告诉我们，不要被自身的条件所局限，只要脚踏实地做事情，一切困难都会迎刃而解，梦想也能实现。

《三人成虎》告诉我们，谣言重复多遍，可能会影响人的判断。谣言往往止于智者。普通人要擦亮眼睛，做到不信谣不传谣；决策者要实地调研，多方听取意见。

《山木与鹅》告诉我们，不应该简单地定义一个人的人生是成功还是失败，否则将束缚我们的手脚，因为人生是复杂多变的，有无限的可能性。

《身有至宝》告诉我们，钱财是身外之物，而我们自身的价值才是无价之宝，要善于发现它。

《守株待兔》告诉我们，不要把偶然当成必然，更不能丢下自己的本职工作，梦想不劳而获，否则会得不偿失。

《掩耳盗铃》这个寓言比较可笑。自以为聪明，实则贻笑大方，我们可不能犯这种愚蠢的错误。

《杨布打狗》告诉我们，要学会换位思考，不能不辨是非就一口咬定是别人的错。

《熟能生巧》告诉我们，即使自己本领高超，也不必刻意夸耀。山外有山，人外有人，谦虚一点没坏处。

《兔死狐悲》告诉我们，作为社会性的人有对同伴共情的一面，关心他人正是关心自己。

《王婆酿酒》告诉我们，做人不能太贪，适可而止，否则会事与愿违。

《为虎作伥》告诫我们，不要充当恶人的帮凶。

《狐假虎威》告诉我们，狡诈的人总是会倚仗别人的势力欺压人，而昏庸的人总是会被人利用。

《乌鸦喜谀》告诉我们，无缘无故的吹捧背后一定藏着阴谋，不能被一时的奉承冲昏了头脑。

《五十步笑百步》告诉我们，错误就是错误，不能因程度不同改变性质。

《一叶障目》这则寓言像一面镜子。我们是否也犯过类似的错误呢？无知和自以为是真是害人啊。

《咸鱼成神》是一则荒唐的寓言。它会让读者一笑过后不禁沉思，现实生活中盲目崇拜，一味盲从的现象实在太多啦。

《兄弟争雁》告诉我们，不要把时间花在无谓的争论上，解决事情要分轻重缓急，否则错失时机后悔莫及。

蜀鄙之僧

四川边远的地方有两个和尚，一个贫穷，一个富裕。

有一天，穷和尚对富和尚说：“我特别想去南海（普陀山）。听说那里人杰地灵，非常适合静修。你觉得怎么样？”

富和尚听了，觉得简直不可思议，说：“你那么穷，你凭借什么去啊？”

穷和尚穷得叮当响，去那么远的地方，没钱怎么去？但是他说：“我只需要一个盛水的瓶子和一个盛饭的碗就足够了。”

看着穷和尚志在必得的样子，富和尚不能理解。他说：“几年来，我一直想雇船沿着长江顺流而下到达南海（普陀山），没有实现。你凭借什么能去那里？”

到了第二年，穷和尚从南海（普陀山）回来了。他高兴地跑去找富和尚。富和尚露出一脸惭愧的神色。他没想到，穷和尚一无所有也能去往梦想的地方。

从西边到往东边，从四川到南海（普陀山），不知道这路途到底有几千里，而这一路上到底要遭遇多少困难。富裕的和尚终究不能到达，而贫穷的和尚却实现了梦想。一个人如果坚定了求学的志向，不论遇到多大的困难都能克服，还担心自己不如四川边境的那个穷和尚吗？

三人成虎

战国时，魏国被赵国打败了。魏王派臣子庞葱带领侍从陪同自己的儿子到赵国的国都邯郸作人质。庞葱担心魏王偏听别人的话，因此临走前对魏王说："如果现在有人慌张地跑来，说大街上有只老虎，大王您信不信？"魏王愣了一会儿说："老虎怎么会跑到大街上呢？我当然不会相信。"庞葱又问："如果再有人来报告，又说看到一只老虎，您相信吗？"魏王说："要是两个人都来报告，我就要考虑考虑了。"庞葱又问："如果有第三个人来报告同样的事情，您相信吗？"魏王回答说："如果有

一两个人说，我当然不信，但如果三个人都这么说，那就一定不会假。”于是，庞葱感慨地说：“老虎不可能在大白天跑到闹市上去，这是大家都知道的。可是经过三个人一说，倒像是真的了。我将陪太子去赵国，邯郸离大梁要比宫廷离闹市远得多，以后议论我的人何止三个呢，望大王对那些无中生有的议论仔细想想，认真考虑。”

魏王这才明白他的用意，点点头说：“我明白了，你就放心去吧。”不出庞葱所料，他离开魏国后，说他的坏话不断传到魏王的耳朵里。魏王开始不信，可说的人一多，魏王也就相信了。太子回国以后，魏王就不再重用庞葱了。

山木与鹅

这一天，庄子和他的弟子们在山里走路，遇见了一名伐木人。他正在寻找可以砍伐的大树。只见那个伐木人走过一棵枝叶繁茂的大树，看了两眼后，又继续往前走。

庄子的弟子觉得奇怪，就叫住伐木人，问道："您刚才就经过了一棵茂盛的大树，为什么不砍它呢？"

伐木人听了，回答说："这棵树没什么用处。"说完又继续寻找。庄子的弟子仍然一头雾水，于是庄子解释说："正是因为那棵树不能成材，所以它才能活得长久，以至于长到今天这样繁茂的样子。"

当天晚上，庄子带领弟子又去了自己的好朋友家做客。天色晚了，便留宿在朋友家。这位朋友为了好好款待庄子和他的弟子，就让仆人去杀只鹅来吃。仆人听了命令，便问："家里的两只鹅，一只会叫，一只不会叫，请问杀哪一只？"

主人回答："杀那只不能叫的。"于是，那只不会叫的鹅因为没有大用被杀死了。

庄子的弟子又想起伐木人的事，于是问庄子："早上那棵大树因为不能成材得以颐养天年，这会儿那只鹅却因为没有大用而早早被杀。我们该如何选择自己的人生呢？”

庄子听了说：“成材或者不成材这个分寸太难把握，而且不符合人生的规律。如果因为这样就牵绊住自己，岂不很痛苦？不如时而像龙一样腾飞，时而像蛇一样蛰伏，跟随时间的推移而变化，顺其自然岂不更好？”

身有至宝

有个西域的商人出售一件宝玉，宝玉的颜色像樱桃一样鲜红，直径不过一寸，价值却高达几十万钱。

龙门子问道："这块宝玉可以充饥吗？"

回答说："不可。"

"可以治病吗？"

"不可。"

“可以驱灾免祸吗？”

“不可。”

“可以使人变得孝顺父母，友爱兄弟吗？”

“不可。”

龙门子问：“既然这么没用，为何售价这么高？”

商人回答说：“因为它产自遥远的地方，得到它非常不容易。”

龙门子对弟子说：“宝物对我们自身有什么好处呢？其实，我们自身的美德和才能就是无价之宝，若能好好利用它们，就能使天下安定；即使做不了大的贡献，也可以使人安度此生。人们不去勤奋追求这样的宝物，却为宝玉这类的东西忙碌奔波，这不是舍近求远吗？”

守株待兔

相传在战国时期，宋国有个农民，他整日在地里偷懒，因此即便是遇上好年景，地里的粮食也仅够他填饱肚子的。一旦要是遇上荒年啊，那他可就要挨饿喽。

这一天，他正在农田里耕地，从远处传来一阵阵打猎的吆喝声。那声音啊，此起彼伏，在山谷中不断回响，受了惊的小动物在农田周边的草丛中窜来窜去，拼命奔逃。

突然，一只小兔子慌慌张张地从草丛中跑出来，一头撞在一棵树桩上，折断脖子死了。农夫赶忙捡起兔子，心里甭提多高兴了："呵呵，一只送上门的兔子。"

当天晚上，他美美地饱餐了一顿，把肚子吃了个溜圆。

第二天，他照旧到地里干活儿，可是却心不在焉，时不时地向草丛中瞄一眼，希望还能捡到一只送上门来的兔子。

就这样，他在地里晃悠了一天，该干的活儿全都没干完。可是，直到太阳落山，也没有兔子来撞树。他只好扛着锄头，失望地回家了。

第三天，农夫把农具往地里一扔，索性坐在那颗大树下，等着兔子来撞树。他等啊等，等了整整一天，可还是什么也没等到。“哼，肯定等得到，我明天还等。”农夫不甘心，絮絮叨叨地向家走去。

从此，农夫便不再种地，一天到晚守在大树旁，可是兔子撞树的事情再也没发生。地里的草越长越高，已经成了一片荒地，农夫也因此成了全国人的笑柄。

掩耳盗铃

晋国贵族范氏被打败，逃亡齐国。晋国一百姓在范氏旧宅看到一口大钟，想趁着没人就把它偷走。

可是，这口钟不仅大而且很重，抬也抬不动，背也背不起来。他转念一想，便打算用锤子砸碎大钟，把碎片背回去。谁知，刚砸了一下，那口钟就“咣”地发出了很大的响声。他吓了一跳，看看四周，好像有别人的脚步声。他以为是有人听到钟声便来夺这口钟了，于是就把自己的两只耳朵用布紧紧捂住，继续不停地敲钟。

果真，他听不到钟响的声音了，他开心的以为自己终于可以偷走这口大钟了。他没想到的是，很多人听到钟声，聚集起来包围了院子。大家叫嚷着“小偷！小偷！”，并把他送到了官府。这个偷钟贼以为，自己的耳朵听不见钟响，就代表别人也听不到，这样的自欺行为真是荒谬无知啊。

杨布打狗

杨布赴约去友人家中喝酒。他离家时，家中的小狗围着他打转，蹭着他的裤腿，依依不舍。去友人家的路上，天公不作美，下起了大雨。杨布并没有带伞，心里又想着不能失约，就冒着大雨赶路到了友人家中。

友人看他被雨淋了，赶忙拿出干净衣服让他换上。随后宾主尽欢。后来天晴了，可杨布的衣服还没有干，杨布只好穿着友人的衣服回到了家。想不到的是，他刚进家门，就看见离家时对他还依依不舍的小狗似乎不认得他一般，大声地叫着，甚至扑上来想要咬他。杨布尚有醉意，看见狗这个样子，就想拿起棍子打狗。这时杨布的哥哥听见动静出门查看，拦住了杨布，训斥杨布："明明是自己出门时穿着自己的衣服，回家了却穿着友人的衣服，小狗一时没有认出你来。不怪自己换了衣装，却怪小狗识不得你，哪里有这样的道理。你想想，如果你出门前小狗是白色的，回来后却发现它变成了黑色，也会心生疑惑吧？"杨布听了哥哥的话，觉得十分羞愧，扔掉了手中的棍子。

熟能生巧

北宋时期，有一个叫陈尧咨的人箭术精良，自认为举世无双。他常常身穿铠甲，站在自家的庭院里拉弓引箭，练习箭术。在一片此起彼伏的叫好声中，一箭又一箭如流星般划过，正中九环。陈尧咨也扬扬得意，时时炫耀自己箭术了得。

有一天，他正在院子里射箭，一位卖油的老人走了过来。老人放下担子，站在一旁斜着眼看了一会儿。陈尧咨倒是没有辱没自己的箭术，他射出的箭十支能中八九支。老翁看完，没有太多的赞许，只是微微地点了点头。

其实陈尧咨早就注意到老翁了，心想老翁一定会被自己的箭术折服，频频夸奖，可他没有想到老翁只是微微地点头。陈尧咨觉得很奇怪，于是走上前问道："您也会射箭吗？"

老人说："不会。"

“那您觉得我射箭的技术怎么样？是不是很高超？”陈尧咨追问道。

老人说：“这没什么特别，跟我倒油一样，只不过手熟罢了！”

陈尧咨气愤地说：“你怎么敢小看我！”

老人没回答他的话，只是从担子上取过一个葫芦，并将一枚铜钱盖在葫芦嘴上。之后，他从油桶里舀了一勺油，精准地将油从铜钱孔倒进葫芦里。葫芦装满后，老翁将铜钱拿起来，上面竟然没有一点儿油渍。陈尧咨看得目瞪口呆，一句话也说不出来。

兔死狐悲

南宋时期，处于金朝统治下的山东，不堪忍受金朝的压迫统治，纷纷掀起抗金的斗争浪潮。其中最著名的有杨安儿、李全等领导的几支红袄军。

起义军遭遇金军大力镇压，杨安儿在一次战役中牺牲。杨安儿的妹妹杨妙真，带着没有放弃的起义军从益都转移到莒县，继续和金朝做斗争。后来杨妙真和李全结为夫妻，两支部队汇合，一起继续抗争。

公元1218年，他们投附宋朝，驻扎在楚州，也就是现在江苏省淮安市。在此之后，李全抱着发展个人实力、割据一方的野心，继续在楚州经营着自己的小政权。公元1227年4月，李全的军队被南下的蒙古军包围，城破投降。

在李全城破投降的前期，也就是公元1227年2月，宋朝也曾派太尉夏全领兵进攻楚州，杨妙真那时就派人去争取夏全。她让派去的使者对夏全说："你不也是从山东率众归附宋朝的吗？如今你却带兵来攻打我们。打个比方说，兔子和狐狸联合对抗猎人的猎杀，兔子死了，狐狸感到悲伤哭泣。如今若是李全灭亡了，难道大宋会独让你夏全生存吗？希望将军好好考虑一下，再决定是攻打我们还是和我们结盟。"夏全听了使者的一番话，同意了结盟。

王婆酿酒

有一个云游四方的道士，每次路过酿酒的王婆家，都向王婆讨酒喝，而且从不付酒钱。

几年过去，道士差不多喝了王婆几百壶酒。

这天，道士又来讨酒喝，喝完以后对王婆说："我喝了你那么多酒，也没有付过酒钱，就给你挖一

口井，当作报答吧。”

没想到，从井里打出的泉水，比王婆酿的酒还醇美。

从那以后，王婆再也不用辛辛苦苦地酿酒，只要打井水出售即可，很快就发了大财。

过了很久，道士又来了，问王婆井里的酒好不好喝。

王婆回答说：“酒是好酒，可惜没有酒糟喂猪。”道士笑着在墙上题了一首打油诗：

天高不算高，
人心第一高；
井水作酒卖，
还嫌猪无糟。

道士写完便走了，后来这口井里再也不出酒了。

为虎作伥

有个叫马拯的读书人，爱好游历山水。这一天，他来到五岳之一的南岳衡山。衡山风景秀丽，马拯忘情山水，在松林间转悠，不知不觉到了黄昏。看来这个晚上他是走不出去了。

马拯正着急，忽然看到前面大树上搭着一个窝棚，窝棚旁边站着一个猎人，正朝他示意。马拯顺着猎人的指示低头看去，原来前面不远就是猎人设的一个陷阱。马拯吓了一跳说："好险！"

猎人从树上跳下来，问道："你是什么人？怎么天黑了还在林子里转悠？"

马拯把自己贪恋山水而忘了时间的事说给猎人听了。猎人说："这里老虎很多，十分危险，你一个人不要再走了，就在我这里过一夜吧。"猎人边说，边走到陷阱边，架好捕虎用的机关，然后带马拯登上大树的窝棚。马拯一个劲道谢。

半夜里，马拯从睡梦中醒来，忽听得树下叽叽喳喳有许多人在讲话，声音越来越近。马拯警觉起来，借着月光，看见前面走来一大群人，有男有女，有老有少，总共怕有几十人。这些人走到马拯和猎人栖身的大树近旁时，走在前面的那人忽然发现了陷阱，十分生气地叫起来："你们看！是谁在这里暗设了机关陷阱，想谋害我们大王！真是太可恶了！是谁竟敢如此大胆！"说着，和另外两个人一起将猎人设在陷阱上的机关给拆卸下来，然后前呼后拥互相招呼着走过去了。

待这伙人走后，马拯赶紧叫醒猎人，把刚才的一幕告诉了猎人。猎人说：“那些家伙叫做伥。他们原本都是被老虎吃掉的人，可是他们变作伥鬼后，反而死心塌地为老虎服务，晚间老虎出来之前，他们便替老虎开路。”马拯听后明白了，他对猎人说：“那他们刚才所说的大王一定是老虎了。老虎可能不多久就要来了，你赶快再去把机关架好。”

猎人敏捷地从树上下来，把陷阱上的机关重新架好。猎人刚登上大树，只听一阵狂叫，一只凶猛的老虎从山上直窜过来，一下扑到陷阱的机关上。只听“嗖”的一声，一支弩箭弹出，正中老虎心窝。只见老虎狂暴地跳起，大声吼叫，叫声直震得松林发抖。老虎挣扎了一阵，倒在地上死了。

老虎巨大的哀叫声，惊动了已走了很远的伥鬼们。他们纷纷跑回来，趴在胸口还流着血的死老虎身上大哭起来，边哭还边伤心地哀号着：“是谁杀死了我们大王呀！是谁杀死了我们大王呀！”

马拯在树上听得明白，不由得大发雷霆，他厉声骂道：“你们这些伥鬼！自己是怎么做的鬼还一点不知道。你们原本就死在老虎嘴里，至今还执迷不悟，还为老虎痛哭！真令人气愤！”

这些伥鬼，自己明明被坏蛋害死，可是死后还要做坏蛋的帮凶，实在可恨。

狐假虎威

在茂密的森林里，有一只老虎正在寻找食物。它发现有一只火红的狐狸在不远处。老虎趁着狐狸不注意，慢慢走进，大声咆哮一声，猛地扑过去，一下把狐狸抓住了。可怜的狐狸拼命地挣扎，怎么也无法逃脱。狡猾的狐狸眼珠子骨碌碌一转，想了个法子。

它对老虎说："你是不敢吃掉我的。天帝派遣我来掌管百兽，我是百兽之王。你如果吃了我，就是违抗天帝的命令，就是与天帝作对。如果你不相信我说的话，我可以在你前面走，你跟随在我身后，看一看这一路上碰到的鸟兽见了我是不是都吓得四处逃跑？"

老虎听了，认为狐狸说得有道理，于是跟着狐狸一起在森林里行走。狡猾的狐狸耀武扬威地在前面走着，威风凛凛的老虎在后面跟着。森林里的鸟兽见了无不吓得四处乱窜，谁都不敢靠近。老虎并不知道鸟兽怕的是它自己，还以为鸟兽怕的是狡猾的狐狸呢。

乌鸦喜谀

在广西桂林，有一片荒村，枯木横生，许多乌鸦在这里栖息。这天，从村口处来了一只狐狸，它看到一只乌鸦正落在枝头吃着一块肉，它也想着爬上树去吃，可惜试了几次都没能成功。它只好围着树转悠，等待着适合的时机。

它看到乌鸦将肉叼进嘴里，开口道："乌鸦兄弟啊，我仰慕你高尚的风格已经很久了，却一直没有机会得到你的教诲。又听闻你嗓音优美，只是苦于没有机会领略你的歌声。今天正好能遇见你，真是再好不过了。如果你能为我唱一曲，那我今生也算是没什么遗憾了。"乌鸦听了狐狸这番吹捧，顿时开心得找不着北，抖了抖翅膀，就准备一展歌喉。就在它开口后，它叼着的肉全部掉了。狐狸吃了那些肉后，开口说道："你的歌声我已经听到了。心愿实现，感谢你美食的招待，我会终生不忘的。"乌鸦听了这句话，这才知道自己上当了。原来这只狐狸吹捧自己只是为了自己嘴里的食物罢了。

五十步笑百步

梁惠王感叹着："我尽心治国，积极赈灾，再看别国治理，也没有谁用心程度比得过我，怎么我的百姓就总是增加不了呢，别国的百姓也未曾见少。"孟子回答道："既然大王问了，那我就以大王喜欢的战争打个比方来回答你吧。战鼓响起，有些士

兵拿起武器拼杀，有些士兵却丢盔弃甲，那些逃了五十步的士兵嘲笑着那些逃了一百步的士兵。大王，您觉得这种行为如何？”“这是什么道理？明明大家都是做了逃兵。为什么逃得近的人还要嘲笑那些逃得远的人呢？”梁惠王不赞同地回答道。

孟子点了点头继续说道：“是啊，看得出大王早已明白了这个道理。尽心治理国家，不耽误农时，不让百姓涸泽而渔，焚林而猎，重视对臣民的教育，让人人都可以老有所依，百姓最后都能吃饱穿暖，那国家怎么会不兴盛呢？哪里还能不统一天下呢？”

孟子看到惠王点头表示同意自己的观点，继续说道：“一个国家，富贵的人奢靡浪费却不加管束，贫穷的人饿死在路边却不打开粮仓，老百姓流离失所只会归咎于收成不好，这些说法和拿着刀杀死了人，却狡辩说不是自己杀的，是刀杀的，有什么区别呢？若是遇到这种情况，大王不会去怪罪收成不好，而是会体恤百姓，那么，天下的老百姓自然而然地就回来归顺你了。”

一叶障目

楚国有个人家境破落，生活贫困。有一天，他看到《淮南子》里有这样一段话：螳螂捕蝉，全靠有树叶给它遮身，人要是得到那片树叶，就可以用来隐蔽身形，谁都发现不了。

这短短几句话就很让他心动。他心想：如果真的让我找到这片树叶的话，那我就可以去偷银子，而且别人也发现不了我，到时候，我就能发大财了。

于是，他丢下书，跑到树林里仰头张望，想要找到一个螳螂隐身的树叶。找了好半天，总算发现有一只大螳螂

躲在一片树叶背后，举起双臂朝蝉扑去。他急忙攀上树杈，伸手去摘那片树叶。可是由于心慌，树叶落到地上。地上原来就铺着厚厚一层落叶，他无法分辨，只好干脆把地上的树叶统统扫回家，竟装了满满几大斗。

他回到家以后一片一片地试验。他举起一片树叶遮住自己的眼睛，问他的妻子说："你看得见我吗？"

妻子正忙着织布，回头说："看得见。"

他换了一片树叶又问："还看得见我吗？"

"看得见。"

从正午一直到日头偏西，楚人不停地拣起树叶问妻子。到最后，妻子实在厌倦不堪了，只好随口回答："看不见了。"

这一下，楚人信以为真，认为自己真的找到了螳螂隐身的那片树叶，高兴极了。第二天一早他就拿着这片树叶，径直朝市场跑去。市场上车水马龙，十分热闹，各种各样的货物应有尽有。他一手举着树叶挡住自己的眼睛，一手在店铺里挑好东西，伸手就抓。可是手还没有来得及缩回来，别人就怒喊着朝他扑来，将他扭送到县衙门去了。

咸鱼成神

有个农夫在田里干活，捕获了一只獐子。农夫看时候尚早，就把它拴在路边的一棵树上，继续干活。

农夫离开后，一支有十多辆车的商队经过这里，看见拴在路边无人看守的獐子，顺手将它牵走了。临走前，商人觉得自

己是不劳而获，有点不太好意思，就把一条干咸鱼放在树下。

过了一会儿，农夫来牵獐子，发现獐子不见了，地上却有一条干咸鱼，不禁惊讶极了，心想：“这里连个人影都没有，獐子莫名其妙变成了咸鱼，这简直太不可思议了，一定是天神下凡显灵！”

于是，农夫将咸鱼带回家供了起来。獐子变咸鱼的故事很快在人们中间传开，越传越玄妙，越传越神奇。有的人专门来找咸鱼祈福求药，竟然大多数都很灵验。经过商议，人们在农夫发现咸鱼的地方盖起一座神庙，称那条咸鱼为“鲍鱼神”，将它供奉在神庙里，日夜香火不断。后来，神庙里的巫师多达几十人。

几年后，当初牵走獐子，留下干咸鱼的那个商人再次路过这里。他看到庄严鼎盛的庙宇，觉得有些疑惑。当他问明“鲍鱼神”的来龙去脉后，哈哈大笑起来，说：“那不过是我当年留下的干咸鱼，哪是什么神啊！”说完，去庙里取出神龛里的干咸鱼，转身便走了。从那以后，再也没有人来祈福求神，神庙很快就败落了。

兄弟争雁

有一对兄弟出去打猎，看到远处飞来一只大雁，赶紧拉弓引箭，准备射雁。

哥哥说：“射中这只大雁，咱们拿回家煮着吃。”

弟弟不同意，说：“大雁煮着不好吃，还是烤着吃香。”

哥哥不赞同，坚持要煮着吃。两个人说着说着竟然吵起来，闹到村里的长辈跟前，请老人家定夺。

老人想了想，说：“你们可以把射中的大雁一分为二，一半让哥哥煮着吃，一半让弟弟烤着吃。”

兄弟俩觉得这个主意不错，跟老人道谢后，跑回去射那只大雁，可大雁早就飞得无影无踪了。

第六章

本章包含19篇寓言故事，篇幅不长，寓意深刻。

《关尹子教射》告诉我们，世上无难事，只要我们掌握了其中的规律，就能在各个方面做出成绩。

《胸有成竹》告诉我们，说话办事一定要考虑周全，做到心中有数。

《泗滨美石》告诉我们，民心不可违，得民心者得天下。

《沿河求石》告诉我们，听起来有道理，实际上不一定可行，实践才是检验真理的标准。

《叶公好龙》告诉我们，在对某一事物没有真正认识之前，所谓的喜欢崇拜可能有夸大的成分。

《自相矛盾》告诉我们，想好再说，切不可信口开河，前言不搭后语。

《夜郎自大》告诉我们，任何时候不要骄傲，没见过世面更需要谦虚。

《狼子野心》告诫我们，要远离品行恶劣的人，否则后患无穷。

《鹦鹉救火》告诉我们，帮助他人不在于力量的大小，而在于一片诚心。

《造父学御》告诉我们，扎实的基本功是学业进步的前提。

《一蟹不如一蟹》巧妙运用谐音手法，说明一个不如一个，越来越差的趋势。

《疑人偷斧》告诫我们，不可以毫无根据地怀疑他人，对人对事不要存有成见，要尊重客观事实。

《以石为玉》告诉我们，客观事实面前，不能一意孤行，否则只能遭人嘲笑。

《渔人碎珠》告诉我们，一夜暴富的人往往会把持不住，迷失方向，如果这样还不如过平凡的生活。

《愚公移山》告诉我们，只要定好明确的目标，然后踏踏实实去实践，结果往往没有想象的那么难。

《与狐谋皮》告诉我们，当所办的事涉及对方的根本利益时，对方是绝对不会答应的。

《郑人爱鱼》告诉我们，爱不是自己想干啥干啥，而是明白对方需要什么。

《曾子杀猪》告诉我们，身教重于言教，父母要给孩子做榜样。

《朝三暮四》告诉我们，分析判断事物，要透过形式看实质，不要被形式蒙骗。

关尹子教射

战国时期，列子曾向关尹子学习射箭。

关尹子学识渊博，天下十豪之一，原是位大将军，如今虽隐居山中，但他乐善好施，远近闻名。列子天资聪颖，很快便学会了拉弓射箭，但要射中靶心却非常困难。关尹子让他勤加练习，等射中了靶心再来找他。

有一天，列子依照老师所传授的射箭技巧，一下子射中了靶心。他高兴极了，赶忙跑去找关尹子。

关尹子问他："你知道你射中靶心的原因吗？"

列子被问住了。他总觉得自己今天射箭与昨天射箭没什么不同，可是为什么今天偏偏射中了靶心呢？而下一次是否能射中靶心，他也不是很有把握。

于是，他回答道："学生不知道为什么会射中靶心。"

关尹子说："你还不算学会了射箭。"

列子只好回去继续勤加练习。三年后，他来向关尹子汇报。

关尹子问他："你知道你为什么能射中靶心了吗？"

列子说："学生知道了。"

关尹子说："你已学有所成。学习射箭要掌握射中靶心的规律，要严格要求自己，才能百发百中。不只是射箭，治理国家和修身养性都是如此。这就是为什么圣人更注重观察、了解事情的整个过程，而不只是关心结果的原因。"

胸有成竹

北宋时期，有一个画竹子高手，名字叫文同。

他为了画好竹子，不论春夏秋冬，都会去观察竹子，观察竹子在四季不同的形态，竹叶随着季节发生的颜色变化，一年四季竹子枝节的生长轨迹。就这样，年复一年。

春天，微风拂过竹叶，文同就看着竹叶随风摇曳，一动也不动地观察一整天。夏天，艳阳高照，文同背对着太阳看着阴影处的竹叶是如

何的，然后再转个方向，又盯着伸展在阳光中的竹叶形态是怎样的。秋风起，文同又默默铭记着随风飘舞的竹叶落下的轨迹。冬天来了，白雪皑皑，文同在寒风中看着挺拔的竹子若有所思。

终于有一天，他对身边的人说：“嗯，我认为我现在可以画好竹子了。”说着，便提笔泼墨，在纸上画出栩栩如生的一片竹林。大家都对他的技艺惊叹不已。晁补之听见了，便对人说：“文同画竹那么好，是因为他胸有成竹啊。”

泗滨美石

泗水两岸出产美丽而坚固的石料，孟尝君打算用它来做宗庙里的磬，以振兴雅乐，于是派人带了许多金银去购买。

泗水两岸的人知道了这个消息，认为振兴雅乐是一件意义非常重大的事，纷纷过来帮忙，自动参加采集的工作。人们不但不肯收一文钱，而且还郑重其事地装满了十辆车的石料，推派使者送去给孟尝君。

孟尝君把泗水来的宾客安排在宾馆里住下，但是却没用那些石料来做磬，而是都堆在了外面。

刚巧宫墙的墙角坏了，孟尝君就命人用这些石料来修补。泗水来的宾客不辞劳苦，是为了让孟尝君替宗庙制磬，振兴雅乐。这会儿看见孟尝君说话不算数，非常不高兴，纷纷回故乡去了。其他的门客听了这事以后，也走了不少。

秦国和楚国得知孟尝君不得人心的消息，便准备合力攻齐。

孟尝君知道自己已经铸成大错，赶紧向泗水两岸的人表达了歉意，并且很隆重地在宗庙里亲自收受石料，制成了磬，挂了起来。宾客们认为孟尝君言而有信，都回来了。秦和楚也收兵不敢攻打齐国了。

一诺千金，言而有信，自古就是做人之本，无论帝王将相，还是平民百姓都适用。

沿河求石

沧州南部有一座靠近河岸的寺庙，因年久失修，大门倒塌在河里，两个守门的石兽也沉入河底，不知所终。十多年过去，庙里的和尚好不容易募集到资金，将寺庙重修一新，只是河中的两个石兽始终没找到。

和尚们以为石兽被水冲到下游，便雇了一些小船，沿着河流找出十多里，也不见石兽的踪迹。一位教书先生嘲笑和尚说："石兽又不是木片，怎么会被水冲到下游？石兽坚硬沉重，河

沙质地松浮，石兽只可能在原地越陷越深，这么多年，肯定陷到河底深处了！只要在原地找就可以，去下游找什么！”众人听了，觉得确实是这么回事。

一位多年驻守河边的老兵听到教书先生的话，哈哈大笑，对和尚们说：“凡是掉到河里的石块，都应该去上游寻找。虽然石兽坚硬笨重，河沙松软轻浮，河水冲不走石兽，但它的反作用力会在石兽下面、迎着水流的河沙上形成坑穴，然后越冲越深，冲到石兽半截悬空时，石兽就会掉进坑中，然后这样周而复始，促使石兽最终逆流而上。虽然到下游去找石兽很荒唐，但在原地寻找岂不是更荒唐？”

和尚们听了老兵的话，将信将疑地到上游去寻找，果然在上游几里外的地方找到了石兽。

叶公好龙

春秋时期在叶县有个县令叫沈诸梁，大家都称他一声叶公。叶公没什么其他的爱好，独独喜欢龙。他的所有衣服都要绣上龙，喝茶用的杯子也要有龙的花纹，吃饭用的碗没有龙的图案他都不会用。房子中的房梁上雕刻着龙，房中的柱子上也盘旋着龙。天上的龙知道人间有一个人这样喜欢它，就打算去看看这个人。想知道这样喜欢自己的人是个什么样的人。

这一天，雷雨交加，叶公办完公务正在后堂歇息。突然看见天空划过一道亮光，接着他的窗户里就有一只龙头探了进来。而院落中，还有似乎是龙尾巴的东西蜿蜒伏在地上。龙正要开口和叶公打招呼，却发现叶公吓得早已逃到床上用被子将自己裹起来。龙看了看瑟瑟发抖的那一团棉被，再看看四处雕刻着的龙，垂头丧气地走了。走时低声叹息道："原来你只是喜欢假的龙，遇到真正的龙，你倒是怕的不敢相见。"

自相矛盾

战国时期，楚国有一个卖武器的商人。这天，他在集市上摆出了他的矛和盾。他看着人走来走去，却始终没有人光顾他的摊位，就吆喝起来："来啊！瞧一瞧，看一看嘞。我这矛，可是全天下最锋利的矛。任何东西都可以被它刺穿啊，有没有识货的来看看啊！"

听到他的吆喝，越来越多的人围了过来，都想看看这天下第一锋利的矛是什么样子的。商人得意地看着人群，又举起他摊位上的盾说道："再看看我这盾哎，这可是全天下最坚固的盾！什么东西都没办法穿透它！"

这时人群中有人突然问了一句："那用你的矛去刺你的盾，会怎么样呢？"商人听到这话，顿时脸红了，周围的人也发出了阵阵嘲笑声。毕竟，可以刺穿任何事物的矛和可以抵挡任何穿刺的盾是永远不可能一起出现的。很快，人群散去了，商人也灰溜溜地回家了。

夜郎自大

汉朝时期，我国西南方有一个名叫夜郎的小国家。它是一个独立的国家，可是面积很小，人口不多，物资缺乏。但是它周边的邻邦更小，夜郎这个国家在西南诸国中最大。因此，从没离开过自己国家的夜郎国国王就以为自己统治的国家是全天下最大的国家。

有一天，夜郎国国王在与部下巡视国境的时候，指着前方的邻国问道："这里哪个国家最大呀？"部下们为了迎合国王的心意，于是就说："当然是夜郎国最大啰！"走着走着，国王又抬起头来，望着前方的高山问道："天底下还有比这座山更高的山吗？"部下们回答说："天底下没有比这座山更高的山了。"

后来，他们来到河边，国王又问："我认为这可是世界上最长的河了。"部下们仍然异口同声地回答："大王说的一点都没错。"从此以后，无知的国王就更相信夜郎是天底下最大的国家。

有一次，汉朝派使者来到夜郎。夜郎国国王问使者："汉朝和我的国家比起来哪个大？"使者一听吓了一跳，他没想到这个小国家，竟然自以为能与汉朝相比。骄傲又无知的国王不知道自己统治的国家，只和汉朝的一个县差不多大。

狼子野心

从前，有个富贵人家出门打猎，捕获了两条小狼犬。这家人把它们带回了家，与家狗养在一起。狼与狗混在一起养，也算相安无事。过了段时间，两条狼渐渐地长大了，看上去十分温顺，于是主人便慢慢地忘记了它们原本是狼这件事。

一天白天，主人困意渐上，便睡卧在客厅。忽然听到群狗“呜呜”地发出怒吼声，他一下惊起，紧张地环视着四周，却没发现任何人影。主人便又重新躺下，沉沉地准备睡去。家狗突然又“呜呜”地狂吠起来。主人吓得睁开眼，还是没发现任何异样。于是主人决定假装睡着，以便暗中观察。

他眯着双眼，假装睡着。这时，两条家养的狼见主人睡着了，咧着獠牙，悄悄地向主人靠近，露出一副想要咬断主人喉咙的样子。而家狗则狂吠着，阻止两条狼靠近主人。原来是这样凶险的事情在发生！主人吓得冒了一身的冷汗。于是，他把两条狼杀了，剥下了它们的皮。

这件事是听堂侄虞惇说的。狼子野心，这是真实发生的，并没有污蔑它们！只不过它们那凶恶的本性被深深地隐藏起来罢了。表面上装作与人亲热，背地里却用心险恶。禽兽也不值得说什么了，这个主人又为什么非要收养这两条狼给自己招来祸患呢？

鹦鹉救火

有只鹦鹉飞到一座山上，看山里有许多飞禽走兽很友好，便暂时栖息在这里，鹦鹉和他们结识并相处得十分愉快。深厚的友谊就这样在不知不觉中建立了起来。可是鹦鹉也只是暂时停留在这里，它总要离去。终于到了分别的一天，大家都出来送别鹦鹉，鹦鹉也舍不得大家，但最终还是离开了。

这样过去了几个月，鹦鹉想念大家的时候就面向那座山的方向看看。这一天，鹦鹉正好看见那座大山冒着浓密的烟，那座山，起火啦！鹦鹉想到山里那些和自己玩耍的小伙伴，心里十分焦急，但是自己又没有什么办法。它干脆一头冲入水中，将自己的羽毛全部打湿，然后飞到那座山上，用力地抖动着羽毛，企图用身上羽毛滴落的水滴来扑灭大火。这时，天神注意到了它的这种行为，开口问它："虽然能理解你是好心，但是你再努力也没办法扑灭这大火吧？为什么还要执着坚持呢？"

鹦鹉看着天神，继续飞来飞去抖落着水珠，回答道："我知道我的行为扑不灭这大火，但是，我曾经住在这里，这里有带给我欢乐的朋友，就如兄弟姐妹一般。我实在是没办法眼睁睁看着他们被火烧死而毫不作为。"

天神听了他的回答，欣赏它肯为朋友付出的情义，赞扬它的行为，便出手将火熄灭了。

造父学御

造父的老师叫泰豆氏。造父刚开始跟他学驾车，对他行礼很谦恭，而泰豆三年不把技术传授给他。造父对老师的礼节愈加恭敬，于是泰豆告诉他说："古诗说过：'做弓的好工匠，必须先学编簸箕；擅长冶炼的工人，必须先学做皮袍。'你先学我快步走路，能走得像我那样熟练之后，才可以手握六根马缰绳，驾驭六匹马拉车。"造父说："我一定照您的教导办。"

泰豆便竖起一根根木桩当路，每根木桩的面积仅够放上一只脚，木桩之间的距离是按一步一根确定的。人踩在木桩上行走，快步来回跑，不能失足跌倒。造父跟着老师学，三天时间就掌握了全部技巧。泰豆感慨道："你怎么这么灵敏，掌握得这样快啊！驾车的许多道理，也是像这样的。在木桩上行走，得力于脚下，脚步又听从心的指挥。把这个道理运用到驾车上来，就是正确的驾车法则。你内心懂得了驾车的法则，那就可以不用眼睛看，不用马鞭子赶；心里悠闲自得，身体坐得端端正正，而六根马缰绳一点不乱，二十四只马蹄跨出去没有丝毫差错；倒车转弯，或进或退，没有不合拍的。这样，车道的大小只要能容纳车轮就够了，道路的宽窄只要能容纳马蹄也就行了。从来不会觉得山谷崎岖危险，原野宽阔平坦，在我看来，它们都一样。我的技术全部说完了，你好好记住它！"

一蟹不如一蟹

一天，海潮退了，天气很好，艾子来到海滩散步。忽然，艾子发现自己脚跟前有一个小动物在爬，就好奇地蹲下身子去仔细地看这小东西。只见这小动物的身子又扁又圆，长着许多脚，爬行的方向是横的。艾子把小动物拾起来放入袖口，找到一位住在海边的人，问他：“请问这是什么东西？”那人告诉艾子：“先生，这是青蟹。”

艾子沿海滩继续往前走，又看到一个小动物，身子也是又扁又圆，同样长着许多脚，但形体比先前那个要小些，行动似乎也迟缓一些。艾子拾起这个小动物，放到袖口里，又去找那个住在海边的人，问：“您看，这是什么东西呀？”那人告诉他说：“这是只花蟹。”艾子记住了，原来又是一只蟹。

艾子继续朝前走，又看到一只小动物在海滩上爬着，形状、体貌与先前看见的青蟹、花蟹模样差不多，只是比前面两个更小了。艾子拾起这个小东西，把它放进袖口，又去问那个住在海边的人：“您看，这又是什么东西呀？”那人回答说：“这是蟛蜞（péng qí），也是一种蟹。”

艾子告别那个人，觉着今天的事情十分有趣。这青蟹、花蟹、蟛蜞都是蟹，而形体却一个比一个小。艾子不觉感叹道：“咳！为什么一蟹不如一蟹呢！”

生活中的确有这样的人和事，一个不如一个，越往后越糟糕。

疑人偷斧

从前有一个人，有一天丢了斧子，怎么找都找不到。他仔细回想，究竟把斧子放在了哪里，想起似乎隔壁的那个小孩子来过自己家后，自己的斧子就不见了。他越想越觉得可疑，越想越觉得是隔壁的那个孩子拿的，于是他开始刻意留心起隔壁的孩子。

他看那个孩子走路鬼鬼祟祟的，好像是偷了他斧子后不安

的样子。再看那个孩子脸上的表情，似乎也是偷了他斧子的样子。再看那孩子说话的口气和态度，处处透露着偷了东西的心虚和忐忑。他这下确定了，肯定是隔壁孩子偷了他的斧子。正想要去隔壁问个明白，偏巧下过雨的泥土松松软软，好像有什么东西在院子里冒出头来。那人走过去一看，巧了，正是前几天自己丢的斧子。原来那天砍柴回来，斧子被自己随手一放，埋在柴火下面了。

第二天，他再看隔壁孩子的样子，言谈举止不像是偷了斧子的样子了。

遇到问题要调查研究再作出判断，绝对不能毫无根据地瞎猜疑。疑神疑鬼，往往会产生错觉。切忌以自己的主观想象作为衡量别人的依据，主观意识太强，经常会造成识人的错误与偏差。

以石为玉

犁冥有一次到梁父山去，拾到了一颗玛瑙，自以为是美玉而想卖高价。

有人劝他道：“这是玛瑙啊，是像玉一样的石头！你若按玉的价格出卖，只不过让人笑话罢了。况且你也不能卖掉它。为什么不实事求是呢，这样即使达不到自己的预期，但总算可以卖掉它了吧。”

犁冥不相信人家的劝告，把玛瑙小心地藏在怀里，坐上海船打算到河北去。不巧途中碰上了汹涌的海浪。船夫惊恐万分

地向满船乘客求告:“这一定是船上哪位客官身上带了宝物，龙王想要得到它。谁有就请赶快拿出来献给它吧，不要吝惜。倘若舍不得拿出来，大家就都要被淹死了。”

犁冥听了船夫的话就捶胸痛哭起来。大家问他为什么哭，他说:“我确实带有珍贵的宝物，如今就要献出来了，能不伤心吗?”

大家请求他拿出宝物，结果大家一看，发现是块并不稀奇的玛瑙。船夫惊讶得一时说不出话来，顿时忘记了心头的恐惧，然后笑着说道:“龙宫要是没有你，还认不出这是宝物呢。”

犁冥自以为是，居然把石头认作美玉，闹出了大笑话。在我们的生活中，不是也有像他那样自作聪明实则浅薄可笑的蠢人吗?

渔人碎珠

有个名叫北宫殖的人，每天靠打鱼、捡蚌壳、撑船度日，晚上就睡在河边的船上。一天夜里，他突然发现河里有东西闪闪发亮，捞出来一看，原来是一颗夜明珠。它发出璀璨的光芒，珠光甚至能照射到百步之外的地方。

这个消息很快就传开了。远近邻居都争着杀猪宰羊请他吃饭，向他表示祝贺。大家说：“以前你每天撑船劳作，吃和住都在船上，穿的衣服破得像渔网，吃的东西清淡粗劣，几乎没有比你更穷的人了。现在你得到稀世珍宝，任何愿望都可以实

现了！”

宫里的大夫也来祝贺说：“国君寻求十颗给马车照亮的宝珠，已经得到九颗，最后一颗遍寻不得，没想到出现在你这里。你应该把夜明珠包好，放在盒子里，我带你去献给国君，你大富大贵的日子就要来临了！”

北宫殖听了非常高兴，装好夜明珠就要跟大夫进宫。这时，他的父亲刚好从外地回来，听他说了这件事的来龙去脉后，大哭着说：“我们祖祖辈辈居住在这里，算算已经有十代人，一直都平平安安地生活在船上。现在你要把夜明珠献给国君，随后就是享用不尽的荣华富贵。人一富贵就会变得骄横，一骄横就会变得暴戾，一暴戾就会起祸乱，一祸乱就会有性命之忧！到那个时候，再想过以前那种清贫而安然的日子，就怎么也回不去了！所以，你得到这颗珠子又有什么好处！”说完，老人家拿起一件重物把夜明珠砸碎了。

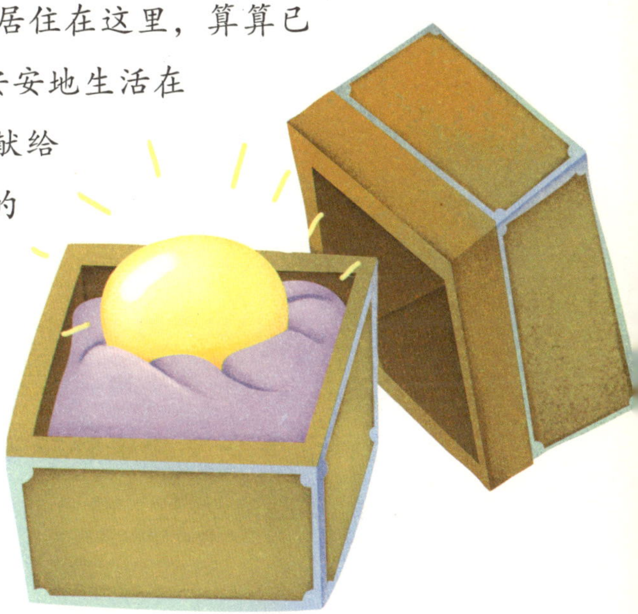

愚公移山

太行、王屋是两座大山，方圆七百里，高达万仞，本来在冀州南部，黄河北岸的北面。当时，大山北面住着一位九十多岁的愚公，他的家门正对着这两座大山，出门要绕很远的路，十分不方便。

于是，愚公跟全家人商议说：“我们一起尽力铲平这两座大山，开出一条路，直通豫州南部，到达汉水南面，你们觉得怎么样？”

大家纷纷表示赞同，只有他的老伴提出质疑：“凭你这点儿力气，连魁父这座小土堆都铲不平，还想铲平太行、王屋两座大山？再说，铲出来的土块和石块要堆放在哪里？”大家商议后，决定把土块和石块堆到渤海边，或者隐土的北边。

就这样，愚公带领子孙凿石、挖土，然后用簸箕装着土石，运到了渤海边上。因为路途遥远，他们一年才能往返一次。

住在河曲的智叟来劝阻愚公说：“就凭你这点儿力气，恐怕都拔不动山上的草，怎么能铲除这么多的土石？”

愚公叹了一口气，说：“你的思想太闭塞了！即使我死了，还有儿子在。儿子又添孙子，孙子又有儿子，这样子子孙孙没有穷尽，而山不会增高，有什么铲不平的？”

山神听到愚公这番话，害怕愚公真的铲个不停，赶紧把这件事报告给天帝。天帝被愚公的毅力所感动，命令天神背着两座山，一座放到朔州东部，一座放在雍州南部。从此，冀州南部到汉水南岸，再也没有大山的阻隔了。

与狐谋皮

定公想让孔子担任司寇，又一时拿不定主意，打算跟大臣们商量一下再做决定，正好遇上了左丘明，就问他："我想让孔丘担任司寇，你看要不要先和大臣们商量一下？"左丘明回答："孔丘是当今公认的圣人。圣人担任官职，其他人就得离开官位。您与那些因此事而可能离开官位的人去商议，能有什么结果呢？我听说过这样一个故事。周朝时有一个人非常喜欢穿皮衣服，还爱吃精美的饭食。他打算缝制一件价值昂贵的狐狸皮袍子，于是就与狐狸商量说：'把你们的毛皮送给我几张吧。'

狐狸们一听，全逃到山林里去了。他又想用肥美的羊肉祭祀，于是去找羊说：‘请帮帮我的忙，把你们的肉割下二斤，我准备祭祀。’没等他说完，羊就吓得狂呼乱叫，互相报信，一齐钻进树林里藏了起来。这样，那人十年也没缝成一件狐狸皮袍子，五年也没办成一次祭祀。这是什么道理呢？原因就在于他找错了商议的对象！你现在打算让孔丘当司寇，却与那些因此而辞官的人商议，这不是与狐谋皮，与羊要肉吗？二者有何不同？”

郑人爱鱼

郑国有个人非常喜欢鱼，看着水里游来游去的鱼就满心欢喜。他想时时刻刻看到鱼，却没有什么办法得到鱼，只好用鱼竿钓，用渔网捞，然后养在庭院中的三个大盆里。鱼经过被捕捉的劫难，都很疲惫，浮在水面上喘着气，好长时间才摇动尾巴游起来。

这个人用手将鱼捧出来，温柔地问：“鱼鳞没有伤着吧？”过一会儿，又喂给鱼一些麦麸和谷末，然后捧起鱼问：“肚子不饿了吧？”朋友劝他说：“你这哪是在爱鱼！让它们生活在狭小的空间里，还时不时玩弄它们，鱼不死才怪呢！”果然，还没过三天，鱼就都死了。

曾子杀猪

曾子的妻子要到集市去买东西，她不想带儿子去，但儿子非要去。儿子被母亲斥责了一番，但还是哭哭啼啼地在后面跟着。孩子的妈妈无奈，只好哄他说：“你回去吧，等我回来给你杀猪吃。”孩子一听便不哭了，高兴地回家去了。

曾子的妻子刚从集市回来，曾子便马上要捉猪准备杀掉。他的妻子制止他说：“我只不过是和孩子说着玩的。”曾子说：“怎么能这样和小孩随便开玩笑呢！小孩子不懂事，他们跟着

父母学。父母就像孩子的老师，大人怎样做，他们也就学着怎样做。现在你欺骗他，就是教孩子学着骗人呀！做母亲的骗儿子，儿子也就不相信他的母亲了，这不是教育孩子的好办法啊！”说完，曾子就把猪杀了，把肉煮给孩子吃。

曾子（前505—前435年），名参，字子舆，春秋末年思想家，孔子晚年弟子之一，儒家学派的重要代表人物。

“吾日三省吾身。为人谋而不忠乎？与朋友交而不信乎？传不习乎？”这句名言，就是曾子说的。

朝三暮四

在很久以前，有一个宋国的老人很喜欢猴子，因此就在自己家的院子里养了一大群猴子。老人很疼爱那些猴子，猴子们也喜欢老人。他们相处了很久，以至于猴子们都能明白老人说的话，而老人更是可以叫出每只猴子的名字，了解每只猴子的性格，明白它们想要表达的意思和想法。因为有了彼此的理解，他们相处得和家人一样。

乖巧机灵的小猴子很懂得怎样讨老人开心，这让老人愈发喜欢它们。老人宁可亏待自己，也不会亏待那些猴子；宁可自己少吃点儿，也要让猴子们吃饱。

可是，老人的家境并不富裕，再加上需要养的猴子实在太多了，导致家里的存粮也越来越少。在没有办法赚更多的钱，买到更多的食物之前，老人想要用限制猴子食量的办法先应付一段时间。但是老人又担心那些被惯坏了的小猴子不肯听话，于是就和那些猴子商量说："从今天开始，我给你们的橡果要定量了。你们觉得早上三颗，晚上四颗怎么样？"

猴子们一听食物要限量了，心里老大不高兴，而且早上比晚上还要少，只有三颗，一个个都龇牙咧嘴地表示不满。

老人没办法，只得想了想又说："那么我们就早上吃四颗，晚上吃三颗，这样早上就比晚上多了一颗，怎么样？"

猴子一听，见早上的橡果数增加了，便以为橡果的总数量增加了，就都高兴起来。

其实，早上三颗，晚上四颗与早上四颗，晚上三颗有区别吗？对于老人而言，他达到了节省橡果的目的。而猴子们毕竟不够聪明，一听说被限了食量就不高兴，老人只是耍了点花招，便骗取了猴子们的欢心。